赤い靴

海を渡るメロディー

高津典昭

幻冬舎

赤い靴　～海を渡るメロディー～

※本作品はフィクションです。実在する人物・団体等とは関係ありません。

目次

序章

東京へ

カンカンカンカンカン、甲高い音をさせながら、鉄製の船の階段を駆け上がった。おろしたての赤いハイヒールを光らせながら。

「東京だ、東京だ！」目の前に見える東京は超高層ビルが建ち並び、恐ろしいほどの立体感を漂わせている。

恵理にとって本土は、中学の修学旅行以来だった。実家は捨ててきた。新しい人生の始まりだ。全身に希望がみなぎっている。そのポジティブな感覚が心地良かった。

「私は幸せを掴むためにここに来たんだ」

八丈島の底土港を、22時30分に出航した東海汽船の大型客船は恵理たちを乗せて、翌朝9時50分に東京港竹芝客船ターミナルに着いた。

恵理がタラップを歩くと、カンカンカンカン。真新しいハイヒールの音がいやがおうにも希望の心に火を灯した。

「東京、最高！」恵理は全てを捨てて故郷の沖ヶ島を出てきた。その割には少なめな荷物であるが、その手に持ったバッグを振り上げて大きく背伸びをした。突然の旅なのだ。

この後の計画は、船中で画策したが、今夜の宿はまだ決めていない。スマホを取り出して宿泊先を検索した。なんせ、沖ヶ島という絶海の孤島で生まれ育ったので実際に歩いてみないとこの超ビッグシティ東京というやつは皆目見当も付かないのだ。修学旅行は全て観光バスで回った。つまり、セッティングしてあるものについて行くだけだったので一人で行動することは不安だった。しかし、これからの希望が不安を上回り、恵理の心は無敵だった。

スマホ。沖ヶ島は絶海の孤島である。学校は、本土に行っても困らないように生徒にスマホは小学1年生から持つことを推奨していたため、恵理のスマホ操作は手慣れていた。慣れてはいたがこんな巨大な街では何しろイメージが湧きにくかった。

そして、この大型客船は竹芝桟橋に着いた。

恵理は高鳴る鼓動に胸を掻き立てられながらついに東京の地を踏んだ。テレビで知っている東京と、実際に着いてから歩く東京とではイメージが大きくかけ離れていた。何から何まで「すごい」としか口に出なかった。

竹芝桟橋を出てから最寄り駅は、ゆりかもめの竹芝駅なのだが、ゆりかもめ自体が何だかわからないのでＪＲの駅を検索した。そして浜松町駅まで歩くことにした。ただし、いくら有名な山手線と京浜東北線の駅があるとはいえ、やはり恵理には浜松町でさえイメージできないでいた。鉄道というものが生まれて初めてだからだ。いくら、スマホで検索して竹芝桟橋から徒歩15分といっても西も東もわからない。スマホの経路案内を見ても不安だ。そこで恵理は、中年の男性に声をかけた。

「すいません。浜松町駅までどう行ったらいいんですか？」聞いてみた。旅行気分なので容易に話しかけることができた。

「ああ、僕も浜松町の駅に行くから一緒に行きましょう」

「あ〜良かった」

「お嬢さん、今の船で来たの？　八丈島から？」

「あ、私、八丈島のまだ先の沖ヶ島という島から来たんです。沖ヶ島は、いったん八丈島まで行かないと直通がないんです。不便な島でしょう？」

「そうなんだ。沖ヶ島って聞いたことぐらいしかないなあ。それじゃあ東京はあまり知らないんだね」

「あまりも何も、中学の修学旅行以来だから全然わからないんです」

「それじゃあ不安だろうね。で、お嬢さんは一人で来てるの？」

「そうで〜す」

「じゃ、大変だね」

「私、東京に夢を持ってきたんです」

「おお、それはいいことだ。東京でチャンス掴んじゃいなよ」

「だといいんだけど」

「おじさんも応援してるよ。そうだ、それじゃあクイズ出すね」

「なあに？　おじさん突然に」

「いくよ」

「おもしろそう」

「日本の中に、お母さんが待っている都市があります。さて、何市でしょう？」

「えーっ？　どこでもお母さんが待つところはあるんじゃないんですか？」

「それが、1か所だけなんだよ。さあ、何市でしょうか？」

「わかんな～い」

「はい、ブブー。時間切れです」

「やだあ」

「答えは母が待つから母待つ」

「あ～なんだ。とんちね。静岡県の浜松ね」

「はい、おじさんの勝ち」

「悔しー」

恵理は、父から受けた暴行で男性不信に陥り島を飛び出してきたのに、やはり、生まれ持った性格からだろう。他人を疑わないのである。

このクイズで二人はすっかり打ち解け、話は弾んだのであっという間にJR浜松町駅に着いた。

「それじゃあ僕はここで。」楽しいおじさんは改札口を通っていった。

恵理は今夜の宿泊先はおろか、住む場所も就職先も何も決まっていない。とりあえず、本日の宿泊先を決めることにした。浜松町というのはテレビなどで羽田空港行きのモノレールが出ていることしか知らなかったが、何だか先程のおじさんの「母待つ」が頭に残っていたのでこの駅周辺のビジネスホテルを検索して決めた。

「母待つ町ね。ふふふ。」修学旅行以来の2回目の長い船旅。ただし今回は、出発前がとんでもなく大変だったので疲れてこの日はよく眠れた。ただし、結局残してきた母親の智子のことは、ずっと心配であった。

第一章

壊れた家族

さて、ここまでの話をしよう。

恵理は八丈島から更に南東95キロメートルの位置に浮かぶ絶海の孤島といわれる沖ヶ島で仲の良い両親の長女として生まれた。なお、次女は生まれたものの幼くしてこの世を去ったので、恵理は一人っ子として大切に育てられた。父も母も力を合わせて一家をしっかり作り上げていった。

絶海の孤島沖ヶ島は伊豆諸島の離島によくある火山島である。歴史的に見ると、海底火山が隆起して出来上がった島であり、島の周りは断崖絶壁で、山がちで平野は少ない。ただし、沖ヶ島の西方にあるやはり絶海の孤島といわれる青ヶ島のようなカルデラはない。１か所僅かに崖から海に下りることができる入り江があったため、この島に人が住むようになって以来、漁業が行われていた。江戸時代からは本格的に漁船を入り江の奥の岩に繋ぐようになり、漁業を生業とする家庭もできた。ただし、小さな入り江なので小さな漁船しか停めることができないため、荒波の太平洋に漕ぎ出せる日は年間１００日を少し超えるぐらいで、半農半漁の島であった。恵理の父親祐一は漁業で、母は僅かばかりの農地で農業をして暮らしてきた。母は体が丈夫ではなかったので寝込むこともあったが、恵理は大切に育てられた。ただ、裕福ではなかったので恵理は、修学旅行で本土に行くまでは八丈島が唯一の家族旅行であった。それでも、孤島の生活の中、八丈島に連れていってもらえることは嬉しくてしょうがなかった。本土を直接見たことがなかった頃は、恵理にとって沖ヶ島に2軒しかない店が、八丈島に行けばいろんな店があるので都会だと思っていた。

しかし、この平穏に暮らしていた一家に暗雲が立ち込めることになった。父の祐一は、前々から自分が普通の人と違うことで苦しんできた。病院で診てもらったことはないので自己判断になるが、いわゆるパニック障害というものとは違うと思っていた。祐一は自分が治る可能性のない症状なんだと決め付けていた。更に自分は精神病とは認めたくなかった。認めたくもなく何も専門の病院に受診したことがないので本来は正式な病名などわかりようもないのだが、この症状を決して他人に悟られないように生きてきたので、誰にもこの症状について話すはずがなかった。

その症状は、中学2年生の時が初めてだった。魂が頭から抜けていくようなというか、何しろたとえようのないほど辛いものだった。もしもこの症状のことを他言すれば、人から人へ伝わり、やがては人類が滅亡することになるから、何とか自分一人でこの症状に耐えてきた。それは辛く孤独な人生になった。自分が人柱になるんだと思っていた。人類が滅亡するだなんていささか大げさだが、まんざら間違っていない。確かに、この症状を知ってしまった人は間違いなくこの症状になってしまい、耐えられなくて自ら命を絶つかもしれない。それほどひっ迫した症状なのだ。ひたすら他言しなかったが、他人に知られないでこれまで生きてこれたのには、苦し紛れで自ら見つけた唯一の解決方法があったからだ。この祐一の症状は実際、たとえようがないので、この物語ではこの先、パニック障害とか、パニック発作と表現することとする。

それでは、この人知れず行う解決方法とは何であろう。それを探っていこう。

沖ヶ島に店は2軒だけで、そのうち1軒は酒も扱う萬屋《よろずや》だった。昔は居酒屋もあって店は4軒あったが、現在は2軒のみ。昨今の人口流出に歯止めがかからず人口は200人を切りそうな状況だ。この沖ヶ島から西方78キロメートルに浮かぶ、やはり絶海の孤島である青ヶ島村に次いでこの沖ヶ島村は人口の少ない自治体なのだ。

さて、その萬屋から祐一はいつも焼酎を買っていた。この焼酎は島焼酎といわれ、沖ヶ島で細々と製造されている。明治時代に八丈島から製造方法が伝わった。八丈島は江戸時代、度重なる飢餓対策のため、貴重な穀類を使用する酒造りが禁じられていた。そこへ、薩摩より流人となって八丈島に流されてきた丹宗庄右衛門《たんそうしょうえもん》が、出身の地元、九州で作られているさつま芋を使用した焼酎の製造方法を伝えたことが八丈島の島焼酎の原点になっている。その製造方法が沖ヶ島に伝わったのだ。

祐一は、自宅にこの島焼酎を何があっても欠かしたことがなかった。得体の知れない症状は、どんどん激しく祐一を襲うようになった。最初のパニック発作に襲われたのは、まだ10代の頃だった。症状に苦しんだのは祐一がまだ実家にいた頃のこと。症状の強さに耐えられなくて、わらをも掴むような思いで父親がいつも飲んでいた島焼酎を飲んでみると、酔った勢いで不安がふっと消えて不思議に症状が治まった。つまり自己判断で解決方法を見つけたのだ。解決方法といってもアルコールの持つ脳神経に働きかける力に頼ることになる。常識的に考えてまともな解決方法ではない。ただ、この頃はまだ症状が頻繁にくることはなかったので、まだ絶望とまでは至らなかった。それ以来パニック障害が顔を覗かせる度に飲酒して乗り越えてきた。実は、祐一の父親は酒害がもとで、祐一の結婚式の寸前で亡くなっている。

祐一はそのパニック障害を新妻の智子にも決して伝えることなく、結婚して新居を建てた。家を建て独立して長女恵理が生まれた。一見して順風満帆に見える一方で、パニック障害の症状は徐々に、そして激しく祐一を苦しめることになった。

ところで昨今、芸能人や有名人にも抱える人が増えてきたこのパニック障害だが、特に体の病気がないのに突然、動悸・呼吸困難・めまいなどの発作を繰り返し、そのため発作への不安が増して外出などが制限される病気といわれるが、患者の数だけ症状があるといわれるぐらいいろんな症状があるともいわれている。つまり、ある日突然症状と共に、強い不安・恐怖が起こるのだ。その後、「発作がまた起こったらどうなる？　どうしよう？」という予期不安が特徴的な障害だといえる。そういう意味では確かに祐一の症状はパニック障害の側面も持ち合わせている。

祐一は、またパニック障害になった時、また飲酒に逃げればいいと、常に肌身離さず度数の強い酒を所持するようになった。何故、度数が高い酒かというと、すぐに酔わなければ間に合わないからだ。とにかく、パニック障害によってもたらされる強い不安感、恐怖感を瞬時に逃れたい一心でやむを得ず取る手段なのだ。

ともあれ、祐一自身が考案した解決方法により、ここまで何とか乗り越えることができたのだが、飲酒で脳を麻痺させるぐらい飲むなんていい訳がない。ついに、この祐一のパニック障害で、人生の取り返しがつかないほどの状況に追い込まれてしまうという事件が起きてしまったのだ。

もともとこの絶海の孤島には、1か所だけ僅かな入り江があったため、小さな漁港ができたので、令和の時代になっても先祖代々漁業を営んできた漁師がいる。昭和初期に防波堤が造られ、安定的に漁業ができるようになったのだ。ただし、小さな入り江のため小さな漁船しか繋げられない。そして太平洋にポツンと浮かぶ島である。時化《しけ》で漁に出られない日は多かった。

祐一は苗字が小川という。同じ島の智子と結婚し、長女恵理と、次女結衣という子宝に恵まれた。ところが、もともと体の弱かった結衣は僅か3歳で亡くなってしまった。祐一智子夫妻は、一人っ子になった恵理を精一杯の愛で育ててきた。そして、恵理はすくすく育ち、小学校4年生になった。

ある日、祐一は普段通り、自己所有の漁船のエンジンをかけ、もやいを解き、外海へ出ようとした。防波堤内では波はほとんどなかったが、防波堤を越えて進んでいくと天気予報より遥かに高い波が襲ってきた。しかし祐一は「そんなことにこだわっていて漁師ができるか！」と、引き返すことは全く考えていなかった。そして沖ヶ島が見えなくなるまで沖に出ていった。魚群探知機は、魚群を示した。

「よーし！」祐一が期待に胸を弾ませた時である。

「けっ！　いつものことだ」と思い、当然、漁船にも置いてあるアルコール度数の高いウォッカを一飲みした。ところが、いつもの効力がない。普段なら、このきついウォッカを一飲みすればじんわりと酔いが回って、脳が麻痺してパニック障害が治まるのだが、この時は全く効かない。この症状が出たら強い酒を飲むという治療法の化けの皮が剝がれたのだ。

「おかしいな。効かない。もっと酔わなきゃダメだ」と言ってもう一飲み。

「うう、全然効かない。これはまずいな」もう、自分で自分を救おうと、激しい症状に抗うため効くまでウォッカをあおった。しかしこの日はいつものように酔っ払えば症状が治まるなんて甘いものじゃなかった。いくら飲んでも効かない。

「今日に限って何で？」飲めども飲めどもなかなか芯から酔っ払わない。脳がやけにしっかり働いているからだ。既に脳は今まで散々アルコールで騙されてきただけに、その手は食わんとばかりに酔ってたまるかと反発したのだ。島が見えないことも不安感を助長した。

「うおー！　もう耐えられない。もう海に飛び込んで自殺するしか方法がないのか？　いや、それだけはこらえなきゃ。もっと飲むしかない」ウォッカをラッパ飲みした。アルコール度数が50度の強い酒なのに驚く程ラッパ飲みできた。いや、そうせざるを得なかった。気が狂うか生還するかの瀬戸際だ。

「もう何でもいい。とにかく耐えられないから意識よなくなってくれ」待ったなしの状況でついに意識がなくなった。船上のデッキでアルコール中毒によって倒れた。太平洋の真ったただ中だ。これは非常に危険な選択だ。祐一は急性アルコール中毒でこのまま野たれ死ぬのだろうか？

ところで、この段階で飲酒運転だ。厳しく罰せられる行動だが、祐一の危険回避はこの方法しかなかった。

祐一の船はついに燃料を使い果たしエンジンが止まった。祐一は誰にも救われることなく生死の境をさまよっていた。エンジンの止まった船は巨大海流黒潮の流れでどこまでも流されていった。

しかし、天は祐一を見捨てなかった。漂流を続けているうち、近くをアメリカの輸送船が通りがかった。あまりにも小さな漁船が太平洋の真っただ中に浮かんでいるのを不思議に思った乗組員から「こんなに陸地から離れた海上にしては船が小さ過ぎる」と報告を受けた船長は、この不審船について不思議に思い、双眼鏡で祐一の船を見た。

「人が倒れている。この船は何の遭難通信も発していない。エンジンもかかっていないことから漂流船だ」まず、乗組員に意志を伝えた。

その後、船同士の情報伝達として国際信号に反応しないことから漂流船と断定。直ちに救助に向かった。

祐一と祐一の船は助かった。ただし、祐一は急性アルコール中毒で虫の息だった。

それでも助かったのは、この大型輸送船には船医がいたからだ。この名医により祐一は命が助けられた。祐一は死の淵から生還した。そして意識が戻った。

「オエッ。気持ち悪い。飲み過ぎたかな？　完全な二日酔いだ。どうやら、どこかの船の中のようだ」まずは生きていることはわかった。

「何で俺の船じゃないいんだろう？」昏睡中のことは全く覚えていない。点滴されている。

「漂流していたなんて想像もつかなかった。それより、家族の次に大事な俺の船はどこなんだろう？　ローンがまだ残っているんだ。俺の船どこだ？」働いて早くローンを返さなきゃと思っているからとても心配になったが、点滴が繋がっているので動けない。しばらくすると、様子を見に船医のジョン＝スミスがやって来た。

「えっ？　何で外人がいるんだろう？」目が覚めた祐一に気付いたスミスは喜んで言った。

「イットワズセイヴド」ネイティブな英語を聞いて祐一は意味がわからなかった。

というよりも、今の自分の置かれた状況が何が何だかわからない。

「アイアムジャパニーズ」日本人を呼んでほしかった。

「ウエイトアミニット」スミスはそう言うと部屋を出ていった。実は乗組員の中に片言ではあるが日本語を話せる者がいたので、呼んできて通訳を頼んだ。

彼は何で今、祐一がここにいるのかをたどたどしい日本語で通訳した。片言でも英語をしゃべられるよりは全然ましだ。祐一はやっと、自分の船はこの大型輸送船に曳航《えいこう》されていることがわかったのでほっとした。まずは、救助してもらったことにお礼を言った。

「サンキューヴェリーマッチ」ありがたみを感じながらもひどい二日酔いで元気は出なかった。

その後、船長が来て、飲酒航行について厳しく咎められたので祐一は頭を上げることができなかった。

ただし、助けられていいことばかりではなかった。この事故のことは、船医のジョン＝スミスが直ちに日本に船舶電話で通報した。泥酔状態で太平洋の真っただ中を漂流した祐一の事故は事件でもあり、テレビを始め、新聞などのメディアで、「沖ヶ島の泥酔した漁師小川祐一」の名は日本中に知られることとなった。

アメリカの大型輸送船と祐一、そして曳航された船は、目的地の横浜本牧ふ頭に入港した。祐一は、まず本牧ふ頭から近い横浜港病院まで救急車で運ばれた。急性アルコール中毒で漂流していたのだ。まずは診察と検査入院ということになった。急性アルコール中毒には後遺症が残る場合がある。軽度なものから重度なものまで様々だ。重度な場合は記憶や行動に障害が残ることもある。祐一の場合はあまりにも短時間に飲み過ぎたので急性アルコール中毒での後遺症が残ることとなった。遂行機能障害である。遂行機能に障害が出てくると物事を順序立てて実行することが難しくなり仕事や家事など段取りが悪くなるような後遺症がこれから出てくることになる。一つの行動ならできても、二つ以上の行動になると同時にはできないなど作業が非効率になるような後遺症だ。

その頃、家では智子が体調を崩して寝込んでいた。もともと生まれつき病弱であったのに加え、祐一が帰ってこないことを心配して心労で寝込んだのだ。時々こういうことはあるのだが、今回は重かった。そこへ警察から「ご主人は無事です」と一報があった。智子は心から安堵した。

「主人の体調はどうなんですか？」

「大丈夫です。自分で歩けます。ただし、ご主人は大量に飲酒され倒れた状態でアメリカの輸送船に発見されました。その輸送船には船医がおりまして治療を受けることができました。ただし、急性アルコール中毒の後遺症が残るかもしれません」

「そうなんですか？　私は迎えに行きたいけど今、体調を崩して寝込んでいます」

「奥さん、それならわざわざここまで来られなくて大丈夫ですよ。ご主人は回復次第、退院できる状態です」

「すいません。ご迷惑をおかけして申し訳ありませんでした。よろしくお願いいいたします」

智子はどういう経緯で祐一が世間を騒がせる事故を起こしたのか、すぐにでも病院に見舞いに行って詳しく聞きたかったが、体が言うことを聞かない。ここは、お願いすることにした。

3日後、祐一は退院した。祐一の身柄は横浜市中区の警察署に連れていかれることとなった。事件・事故の両面で捜査された結果、事件性はないということで、飲酒航行という罰金刑になった。それに加え、小型船舶操縦者法第二十三条の三十六に基づき、再教育講習を受けることになった。日本中を騒がせた事故とはいえ軽い刑であった。ただしこの事故は、漂流事故と名付けられ、国と国を巻き込んだ重大な事故である。警察から厳しく注意された。

自由の身とはなったが、祐一はここからが正念場だった。何しろ、沖ヶ島に帰らないといけない。「また、症状が出たらどうしよう」という不安障害にさいなまれ、どうしても沖ヶ島には帰れそうもない。しかし、そうは言っても家にはどうしても帰らないといけない。当然だ。大事な家族が待っている。電話で智子が体調を崩したと娘の恵理が言ったが、智子は智子でどうしても夫を迎えに行きたがった。しかし、この頃までは仲の良い家族だったので祐一は「いいからお母さん、無理するな。俺は一人で大丈夫だから寝てろ」と祐一は電話でやせ我慢した。この優しい言葉が自らを追い込むことになるのに。

智子は送金だけはしたので普通に交通機関で帰ればいいと思っているのだが、祐一はその普通のことができないでいる。

「こんなことじゃあダメだ」と、たまらず決心した。

船はタグボートに曳航してもらうことにした。そんな遠隔地まではと最初は断っていた国谷曳船だが、祐一があまりにも悲壮感を漂わせて頼み込むので通常のキロ数計算に加え割増料金で受諾した。

自分の船は何とか手配できて沖ヶ島まで曳航してもらえるようになったが、我が身をどうやって沖ヶ島の家まで持って行くかが悩みの種であった。この度の漂流事故の一連の出来事を考えると、アルコール解決策がパニックが起きた時に必ずしも効かないことがあるんじゃないかと疑うことになった。しかし、それ以外の解決策は全く見つからない。

「帰るに帰れないのか?」どうにかして解決手段をと考えた。すると、ここで名案を思い付いた。

「そうだ、パニックが来てから飲むんじゃなくて、乗り物に乗る前からゆっくり飲んで泥酔してから乗りゃあいいんだ」なるほど、アルコールのパニックへの即効性は疑ってかかっていたが、最初から泥酔状態を作って乗ればいいんだと。祐一は薄氷を踏むような思いの中、ついに決断した。

羽田空港から八丈島空港への飛行機の出発時間の3時間前からウイスキーを飲み、十分意識を失った間に飛行機の部分をクリアさせる。八丈島から沖ヶ島までは週2回のヘリコプターで行けばいい。そのヘリの出発の日までは肝臓を休ませればいい。時間のかかる船はいつ酔いが醒めるかわからないから使わない。

悪い頭なりに考えた結果、我が身も船も無事沖ヶ島に到着することはできた。しかし、船への恐怖が完全に脳にインプットされてしまった。漁船に乗れなくては漁師は勤まらない。船は諦めて陸から釣るという方法がある。ただし、それでは船釣りに比べると収入面では比べ物にならないほど稼げないし、安定しない。「陸に上がった漁師」なんて周りからからかわれるのがオチである。それに祐一は無類の見栄っ張りだ。漁師であることに並々ならぬ誇りを持っている。自分の船を手放すなんて考えられない。漁師にとって、命・家族・漁船はどれもいずれ劣らぬ存在であり、優先順位を付けられない程大切なものなのだ。しかし、船で漁に出ることは、いつ症状が出るかわからない上、今度の漂流事故によって怖くて完全に船には乗れなくなってしまった。当局から厳しい罰則も受けた。船には乗れない。非常に痛い思いをしたから、脳裡に深く刻まれた。

結局、泥酔した状態ではあるが、帰巣本能が働き何とか家にたどり着いた。祐一は家の玄関ドアをどんどん叩いていた。智子は「ひょっとして」と期待しながらドアを開けると、プーンと強烈なアルコールの匂いをさせた夫がよろよろしながら立っている。智子は何でここまで酔っ払っているのかわからなかったが、とにかくそんなことより祐一が無事に帰ってきたことに歓喜した。ただし智子自身が体調を崩して寝込んでしまって、祐一を横浜に迎えに行けなかったことへの申し訳ない気持ちでいっぱいになり、精一杯温かく祐一を迎えた。

「お父さん、よく無事に帰ってこれたね。体は大丈夫？」

「らいりょうぶ」まだ完全に泥酔している祐一は玄関に倒れてそのまま寝た。

そこへ、恵理が学校から帰ってきた。二人で部屋に運んで布団を敷いて寝かせた。

祐一はすっかり安心したように爆睡した。

そして、祐一が目を覚ました。まだアルコールの匂いは残っていた。立ち上がると恵理がスマホゲームで遊んでいた。

「恵理」

「あ、お父さん起きたの。大丈夫？　私もお母さんもとっても心配していたんだよ。

良かったあ」恵理は感情のおもむくまま祐一に抱き付いた。

「お父さんは、もうどこへも行かないから安心して」

「それじゃあ、指切りしましょう」智子も一緒になって指切りした。この頃はまだ仲の良い家族だったので恵理は心底、祐一を心配していたのだ。

祐一も祐一で漂流事故の間、ずっと恵理に逢いたかった。

「恵理、何かほしい物はあるか？　何でも買ってあげるから言ってごらん」小川一家は平和な日常に戻った。祐一は自らの深刻なパニック障害により、将来がどうなるかなんて考えていなかった。とにかく今は家族３人が揃って指切りしている現実に、しみじみ良かったなあと、それだけを考えていた。そして、幸せな家族の夜は更けていった。


ところが、世間が許さない。ここからこの家族は転落していく。転落させた張本人は祐一である。

沖ヶ島は人口僅か213人の小島であり、絶海の孤島だ。絶海の孤島であるが故に、二つしかない集落では、祐一が引き起こした泥酔漂流事故が一瞬にして島の隅々にまで知れ渡った。この先もずっとこの島で生きていかなければならないのに、島民はみんなが思っていた。泥酔して漂流して世間を騒がせたことに憤っていた。漂流は船の故障などが原因で何らかのアクシデントがあるかもしれないが、祐一の場合は違った。原因が泥酔なのが許せなかったのだ。

「島の恥」と、陰ではささやかれていた。そして直接罵る者もいた。

それは辛いことである。娘の恵理にも飛び火した。

「お前のお父さんは酔っ払いだ」

「酔っ払いの子」いじめられた。誹謗中傷だ。

特に男子は恵理の父親を馬鹿にした。

「小川、お前のおやじ、何やってんだよ。や-い、島の恥さらし」男子の一人の川島が言った。「島の恥さらし」と言うのは、親たちが噂しているのを聞いてそのまま言っているのだ。恵理は大好きな父親を馬鹿にされたことが悔しくて泣き出した。

「ちょっと、恵理ちゃんがかわいそうじゃないの。お父さんが助かった。それでいいじゃないの」この小学校は児童数が少ないので1年生から6年生まで同じ教室なのだ。その中で6年生の愛が少し激しい口調で助け舟を買って出た。愛は児童会長なのだ。

「ごめんなさい」さしもの川島も謝った。

「私にじゃなくて恵理ちゃんに謝りなさい」

「小川さんごめんなさい」とりあえず、この場面ではこうするしかないと思った川島だが心の底から謝ったのではない。親たちの話は理解できている。島の恥であることには間違いないと思っていた。しかし、女子の中には児童会長の愛のように、お父さんは島の恥とはわかっているが、恵理への思いやりというしっかりした感情を持つ子もいた。男子はただ素直に自分の思いを言うが、成長の早い女子は人の心を気遣うことがちゃんとできるのだ。

学校では愛が生徒の暴走をその存在感の強さで押さえていたが、島民は、小川家の悪口をやめることはなかった。そのうち、小川夫妻の知らないところでどんどん非難は大きくなっていった。もともと小川夫妻は二人とも人間関係を作るのが苦手だったが、他の島民は小川家を避けるようになった。祐一も智子も、そらぞらしい島民の態度が何故なのかはよくわかっていた。泥酔した祐一の漂流海難事故がニュースになって以来、小川夫妻はこの孤島という閉ざされた小さな世界で孤立することになった。

ここは、一切を捨て、家族で新天地を見つけに広い広い本土に移住すればいいのだが、代々住み続けた沖ヶ島。祐一には、この島を離れるなんていう選択肢はなかった。

小川家の暮らし向きが島民から急激に冷ややかに見られていることを実感した智子は提案した。

「お父さん、私、気付いたんだけど、思い切って漁師をやめたらどうかしら。船を売って私と二人で畑を開墾して農業やろうよ」

ところが、祐一は根っからの見栄っ張りである。すぐに反論した。

「そんなことできるかよ。俺は生涯、漁師なんだ。亡くなったおやじの背中を見て育ったんだ。それで俺はおやじのような漁師になるんだって決めたんだ。漁師以外考えられない」島民に、船を売って農業してることが知られたら恥ずかしい。そんなことは考えられないのだ。祐一はかつてない程の激しい口調で言った。

「お父さん、それなら船でお酒飲むのはやめなさい。アメリカの船に救助された時は、急性アルコール中毒で命に関わる状態だったたって聞いたよ。家で飲むのはいいけど仕事中でしょ。飲み過ぎよ」

酒に裏切られたという思いがある祐一は、酒というワードを聞いて、それもあれだけ仲の良かった妻から言われたことで瞬間的にカチンときた。

「その話はやめろ」激しい剣幕で怒鳴った。智子は今までに祐一からこんなに怒鳴られたことがなかったのでびっくりしたが、2度と起こしてはいけない事故だ。

「お父さん、船でお酒を飲むのをやめると誓って。私と恵理のためにも」智子はすがり付く思いだ。すると、祐一からまた信じられない言葉が発せられた。

「俺、船は陸に上げてきた。もう船には乗らない。今は陸から釣ってるんだ」いつかは言わないといけないのでこの際、開き直って言った。今度は怒鳴らないで逆にひょうひょうとした口調で。

「陸からなんて、たいした稼ぎにならないってお父さん言ってたよね」

「うるせえ！　もう決めたんだ」

「それじゃあ、船を売らなきゃね。ローンがまだ始まったばかりじゃない」

「あの船は俺の命より大事なものなんだ。売る訳ないだろ！」

「何を訳のわからないこと言ってんの？」

「お前、何もわかっちゃいないんだな。海の漁師にとって船は命であり誇りなんだぞ！」この一言に矛盾を感じた智子は
「いくらそんな宝物でも海に出て魚を捕らないとただの飾りでしょう！」

「何だと。お前、漁師の誇りを傷付けやがったな」というと、今まで智子には暴力をふるったことなどなかったのにごく自然に体が反応した。

「この野郎！」智子を突き飛ばしてしまった。

この一部始終を見ていた恵理がたまらず言った。

「お父さん、やめて」突き飛ばされたまま起き上がろうともせずもう何も語らなくなった母を見ているとかわいそうになった恵理は泣き叫んだ。

やっと立ち上がった智子は漂流事故の時に体調を崩して迎えに行けなかったことに負い目を感じていたのでここは、夫の意見をいったん尊重してあげることにした。

「そうね、お父さんも船も無事に帰ってこれたことだし、その話はやめましょう」

急に物わかりが良くなったというか、都合が良くなったので祐一は、手を出したことを謝った。

「お母さん、ごめん」とこの時にはまだ、妻に暴力をふるったことに罪悪感はあった。

「もう、悪い思い出は忘れましょう」と、智子が優しく言った。このようにこの時点ではこの一家は修復可能な状態であった。

祐一は、漂流事故以来、もう、パニックが怖くてたまらず船に乗れなくなってしまった。自分の命といえる船をクレーンで陸に上げており、陸に上がった漁師となったのだ。しかし、いつか乗れる日が来るかもしれないという思いがあり、船は売らないままだった。初めてパニック症状が出てからもう20年近く経つが、祐一は誰にも知られることなく闘い続けていた。心底、自分の不幸な症状は完治する訳がないと絶望していた。

しかし。智子だけでは一家が食っていけないのを祐一は百も承知なので、船は陸に上げたままにして島内の磯で磯釣りをして何とか漁業で食い繋ごうとした。陸からでも魚影の濃い沖ヶ島でなら仕掛けや配合餌など、工夫次第で一家の食い扶持ぐらい稼いでやるという安易な考えというか、根拠のない自信を持っていた。何しろ島の周りの海の透明度は30メートル以上あるといわれ、どこまでも透き通っているので、魚がいっぱい磯の上から見える。黒潮流れる海だ。熱帯魚もいっぱいいる。

色彩豊かなチョウチョウウオ関係にベラの仲間。しかし、魚が見えるということは魚も人間が見える。見える魚は釣れないとはよく言われることだ。それでも、雨の日も風の日も毎日毎日根気よく磯釣りに出かけた。何匹か釣れる日もあるが、さっぱり釣れない日もある。結局、エサは自分で掘って取るにしても仕掛け代や配合餌代には金がかかり、実際の利益といえば船の時には遥かに及ばない。しかもその日によって釣果がまちまちで収入が安定しない。

悪い釣果が続くとすぐにそれは智子の知ることとなる。

「お父さん、最近どうしたの？　不漁続きじゃないの、こんな日が続いたら貯金で食い繋ぐしかないけど、海難事故でいっぱい貯金下ろしたからもう残金が心もとないよ」この智子の何でもない言葉から一家の不幸が始まることになる。

「うるせえ！」祐一はカチンときたのでまず怒鳴った。自分のパニック障害の辛さは妻にも言わない。絶対口が裂けても誰にも言わないと心に決めていた。祐一はこの何とも表現の仕様のない辛い症状を一人で抱え込んでしまっている。魂が頭を突き破って離れていきそうなことまではわかるが、それをはるかに超える精神的異常状態である。誰にも症状について話さないから誰からも理解してもらえる訳がない八方塞がりだ。

この症状については、先述したように、他人に話すと伝染して人類が滅亡すると決め付けているのだ。だから、いかに妻とはいえ言う訳ない。智子は、例の漂流事故以来人が変わったと勘違いしている。祐一は妻にさえわかってもらえないために、ますます窮地に陥っていた。本当のことを話していないから仕方がないのではあるが。例の事故が原因じゃないんだと言えないだけに歯がゆい。愛妻だけに勘違いされていることに勝手に腹を立て、ついに切れた。

「俺のやることにケチを付けるな。貯金すればいいんだろう。してやるよ。その代わり貯金通帳は俺が管理する。お前は金のことに口を出すな。てめえは畑だけやってろ」

智子はこの間、初めて祐一に怒鳴られたが、その時は一家は恵理を介してうまく収まった。

だが、この日は違う。2度あることは3度ある。これが常態化するんじゃたまったものではない。気持ちが動揺した。

「ごめんなさい。私が言い過ぎました。そりゃあ、不漁続きじゃ嫌にもなるでしょう。貯金通帳は任せる。お父さんを信じてるから」

「任せとけ!」妻の殊勝な態度に気を良くした祐一は、仁王立ちで威張った。

「明日からいっぱい魚が釣れるといいね」

「そうだな」

喧嘩にはならない。島育ちで悪い人を知らないでここまで生きてきた智子には人を疑うという見識がとても低いのだ。

「まあ、お茶でも淹れましょう」

「お茶はいいから酒だ。酒。お前がつまらんこと言うから酒飲まなきゃいけなくなったじゃないか」祐一は、怒っても言い返してこない智子に対して今後、エゴイスティックな言動がどんどんエスカレートしていくことになる。

月日は流れた。恵理は中学2年生になっていた。沖ヶ島は少子高齢化が進み、沖ヶ島小中学校という名称で統合されていた。

この頃になっても祐一はやはり船に乗る勇気はなく、陸からの釣りを続けていた。島の漁師の中には、祐一が船に乗らないなら「船を売ってくれ」と提案してくる者もいた。祐一はそう言われること自体、恥ずかしく思った。漁師のプライドを決して捨てることができず断り続けていた。だから、船は陸に上がったままで何の役目も果たしていなかった。当然、月日が流れているから船もそれなりに傷んできた。それでもローンの支払いだけ続けていた。

智子は何故、祐一が船を手放さないのかその理由は薄々感じていた。祐一はますます意固地になり、気に食わないことがあると頻繁に智子に手を上げていた。DV

だ。祐一にしてみれば、妻智子にすら勘違いされていることに出口が見えなくなり腹を立てる。妻だけに逆に許せないのだと怒りの矛先をもろに妻に向けて手を上げることは常態化していた。智子は、収入の減った分は雑木林を開墾して畑を増やして生活費を稼いでいた。恵理はそんな母を見かねて学校から帰るとすぐに智子の仕事を手伝った。

恵理は、小学校の頃、事故以来、父親の悪口と言えば「島の恥」だったが、船を海に出さないことから「臆病者の子供」と罵られていた。こういう言い方は適切ではないが、敢えていうと恵理は成績が低い方であり、勉強が苦手だった。更に、母親に似て人を疑わない性格も加わり、生徒たちからよくからかわれていた。生徒たちは、愛のような正義感を持った生徒は卒業してしまい、もう誰も恵理を庇わなかった。一人だけ庇うと今度は自分も恵理みたいにいじめられるんだと、つまり空気を読んでいるからだ。子供といっても案外残酷なところも持ち合わせている。素直なもので面と向かって罵ってくる。恵理は罵られるとよく泣いた。泣くと更におもしろがって罵ってくる。だから、恵理は早く学校を卒業したかった。進学したら八丈島や、本土の高校に行くからいじめはなくなると信じていた。高校進学は当たり前なことと思っていた。また、思春期を迎え、父親を見る目も変わってきた。漂流事故前まではあれだけ好きだった父親が、今ではいつも機嫌が悪く、恵理にとっても煙たい存在になっていた。それでも、学校で罵倒されている父親に対して嫌悪感を持ってしかるべきなのに逆な思いでいた。生まれ持って優しい性格の子に育っていた。むしろ父親がかわいそうに思っていた。

祐一は、あの事故以来、生業の漁業が、船を使えないので収入が激減して思うようにいかないと家族にあたり散らしていた。怒鳴っても智子も恵理もおとなしくするだけなので自分の怒りが手を上げることで少しは紛れることを知ってからＤＶが常態化していた。冬になって時化の日が続くと、いよいよその怒りが荒れ狂う太平洋のようになった。時化の日は海に出ても釣れないことがわかっているので、出るだけ無駄だと思って家の中で朝から島焼酎をあおるように飲み、酔っ払うと智子と恵理にＤＶを繰り返した。

根っから優しい心を持つ智子は、あの事故以来変わってしまった祐一が不憫でならないと思い、痛々しくて胸を痛めていた。それは子供の恵理にもその思いが伝わった。

智子も恵理も、祐一が荒れる理由があの事故にあるとしか思えない。しかし、こんな祐一にした要因に自身のパニック障害があると確信している両者の溝は広がるばかりだ。何しろ自尊心の高い祐一は、自分のパニック症状のことは口が裂けても言わない。だから解決の糸口がない。祐一が何故荒れているのか。それは事故以来、船を出したらまた強烈なパニック障害が襲ってくることに耐えられなくて、船を出したくても出せないことが悔しくてたまらないからだ。人生が絶望に満ちていた。その絶望感をわかってくれないから家族にあたり散らしたのだ。あたれば船に乗れるようになれる訳ではないのに実に愚かな人間だ。いや、もう人間のお面を被った鬼だ。

船のローンは待ってくれない。昔は一家の大黒柱であった祐一だが事故以来、陸からしか釣らないので収入は激減。智子の農業収入よりも少なかった。一家は、農閑期になると明日の米さえ食べられないぐらい貧しい生活を強いられた。

その間、実家に住む智子の父親は、それでも祐一を庇う智子に「離婚しなさい」と盛んにアドバイスした。それにもかかわらず「私は夫を見捨てません」と頑として譲らない娘についに決断した。

「親子の縁を切る」それでも智子は聞かなかった。

他方、祐一の母や弟も、祐一の堕落ぶりを知って、母も弟も、何度も生活を改めるよう諭したが、「干渉しないでくれ」と頑として怠惰な生活をやめないでいるのでついに見放したままになっている。祐一は肉親にもやはり自分の症状を告げていない。健常者には自分の真の気持ちなんかわかってたまるかと周囲の人間からバリヤーを張り続けた。

恵理は、高校で島から出さえすれば、自分の父のことを知らない生徒たちになるので、もういじめられなくなるんだという夢を持っていたが、高校に進学する金も底をつく生活の中で、進学は断念することにした。しかし、智子はどうしても恵理を高校に進学させたいと思っていた。酔っ払って暴力を繰り返す祐一から切り離したいと思っていた。そんな暮らしのある日、中学校の担任、野口先生と智子そして恵理との3者面談で進路指導の日となった。この面談の直前、恵理は進路について自分の考えを話していた。高校には進学しないと。この沖ヶ島の中学3年時の3者面談は非常に大切であった。何しろ島に高校はない。進学する者は全員親元から離れて島外へ行くことになる。どの高校にしても、下宿や寮の選択は大事である。またそこに親族がいればその家で暮らすという選択肢もある。いずれにしても、家族と離れなければならないので先生も親も生徒も真剣そのものだ。

中学3年生は5人しかいないのですぐに順番がきた。智子と恵理は、担任の教師、野口のいる部屋に入った。

「先生、よろしくお願いします」智子は深々と頭を下げて言った。

「よろしくお願いします」恵理も続いた。いつも身近な先生に言うのは少し照れる。

「はい、よろしくお願いします」男の先生である。沖ヶ島小中学校と、生徒数の減少でひとくくりになっている。現校舎は小学校と中学校にそれぞれオープンスペース方式と教科教室型が採用されている。担任の野口は社会の先生である。中学校では専門性が必要なので、中学生13人に対し、先生は15人と、生徒数より上回る。野口は、東京都島しょ地区町村小中学校教員公募に応募した。長い教師生活の中で、1度、離島で教鞭をとりたいと思って八王子市内のマンモス校から単身で赴任したのだ。

開口一番、野口は言った。

「お母さん、お子さんは就職を希望されていますね」

智子にすれば初耳だった。今の世の中だ。みんな高校に進学すると思っていた。自分も東京都立太洋高校園芸科を卒業しているから娘にも同じ高校にと思っていた。ところが恵理からまさかの言葉だ。（それだけはやめてくれ）という悲壮感があった。

「恵理、そうなの？」

「うちは貧乏だから、私はすぐに働きたい」

「あら、貧乏といってもあんたを高校に行かせるぐらいのお金ならあるのよ」

この家系は、入植して以来、高校時代はまだしも就職で島から離れることはなかった。島外に親戚はいないので、高校は寮か下宿するしかなく、仕送りする必要がある。当然金がかかる。それでも智子は自分と同じく高等教育ぐらい受けさせたいと思っていた。島外の友達ができて楽しい学園生活を送ってほしい。青春を謳歌してほしい。DV夫から離してあげたい。東京都立太洋高校を卒業後は花の東京で就職させていずれは本土の人に嫁いでほしいと思っていた。何よりDV夫の恐怖からは遠ざけてあげたかったのに、何故進学しないのか？　どうしても賛成できなかった。それこそ東京都立太洋高校じゃなくても、本土の高校ならどこでも良かった。

「恵理、あなたには、島外で青春を謳歌してもらいたいのよ。いつまでも沖ヶ島にいちゃ井の中の蛙大海を知らずになっちゃうから。お母さんはどうしても高校進学してもらいたい」

「私、この島が好きなの。この島から離れたくない」

「どうして？　私が言った通りにしなさい。後で気付いても遅いのよ」

「大丈夫。お母さんは心配しないで」

智子は、自分の家の恥になるので、夫のＤＶから逃がすために高校へ進学を勧めているんだとは言えなかった。一般論しか言えなかった。

そこへ追い打ちをかけるように野口が言った。

「実は、今、アルバイトですが、島の村役場で若い事務員を募集しているんですよ」

野口は恵理から就職希望と聞いていたので村内を探していた。もちろん、八丈島、更には東京の中卒者募集の資料にも目を通した。ただし、東京には膨大な求人数があり、どこが良くてどこが悪いのかよくわからない。それなら身近な島内でということで、中卒の新卒者を雇ってくれる就職先を見つけたのだ。

「小川、ちょうどいい就職先を先生は見つけておいたんだよ」野口は胸を張った。

「先生、そんな。この子は島外に進学させます」智子は強い口調で言った。そんな智子の必死さに比べ恵理は冷静に
「先生、聞かせて」

「沖ヶ島村の村役場の事務。非正規なんだけどね。役場はなかなか中卒じゃ雇ってくれないんだぞ。勤務態度が良ければ、長くいると正規で雇ってもらえるかもしれないんだ」

「先生、非正規って?」

「アルバイトを募集だって」

沖ヶ島村の財政は少子高齢化によって非常に厳しく、非正規という雇用なのだ。実はそれには村の抱える深刻な問題がある。高校進学で島を離れたら最後、卒業後、帰島しないことが問題となっている。何しろ全国どこでも少子高齢化が進む。沖ヶ

島のような僻地は限界集落と言われ、全国過疎地域連盟には過疎を食い止めるための様々な取り組みがされている。その過疎地域に属する沖ヶ島村もやはり、村長が旗振り役となって村民たちから多くの意見を聞いて対策にあたってきた。若年層がひと家族でも多く村内に残ってくれないと島は高齢者ばかりになり、税収は減り年金は増える一方だ。国策でもある。恵理はまだ15歳だ。しかも女子。このまま島内に残ってくれればいずれ結婚して子供に恵まれると村に新しい命を宿し、やがては沖ヶ島村を背負って立つ若者に育ってくれる。かといって島内に産業といえば漁業・農業の他は、民間企業といえば、島焼酎と塩の工場ぐらい。あとは公務員とか土木作業員。海の透明度が高いが、交通の便が悪いこと、1か所ある入り江以外は島の周りが断崖絶壁で観光産業が根付かないことが残念だが、それは将来の課題。とりあえず一人でも若年層の流出を食い止めるため取った策が、村役場の事務のアルバイト募集という訳だ。沖ヶ島中学校に募集を出した。村長以下役場の職員はどうせ今年も卒業生は進学で島外だろうとなかば諦めていたところへ、就職希望者が一人手を挙げた訳だ。野口はこのグッドタイミングに恵理の肩をポンと叩いた。

「小川さえ良ければ先生は内申書を書くよ。小川は履歴書を書いてね。先生が書き方を指導するからね」と、野口と恵理の間ではトントン拍子だ。

「先生、恵理の進学の話はどうなるんですか」温和なはずの智子にしては珍しく激しい口調で言った。役場勤務というと聞こえがいいし折れてもいいんだが、DV夫と同じ屋根の下というのがどうしても嫌だった。

「お母さん、私、履歴書書くから。ここに就職したい」ここで踏ん切りを付けたかった。

恵理は、母親に似て気の優しい子に育っていた。父親の暴言・暴力の中で暮らしている。

普通の子ならこんな家、高校進学と同時におさらばなはずなのに、どうしても家族と同居して就職を主張するのには理由があった。人を憎まない恵理は、もはや家の中で暴れたい放題の祐一の言動でさえも批判しない。むしろ、智子と一卵性親子のように祐一のことを哀れに思っている。そして、智子にこれ以上危害が及ばないように、いざとなったら智子を助ける覚悟があるのだ。そういう訳で、島を離れては見守れないから進学しない。島内で就職する道を絶対、譲らないのだ。優しさと正義感の強さはまさに、母親譲りである。

智子はここまで自己主張の強い恵理は見たことがなかったことに加え、やはり恵理がかわいい。手元に置きたいというのはある。そばにいて話し相手や手伝いをしてくれるんならそれも有りかと、考えが揺らいだ。

「あなたがそんなに言うんなら、1回そこを受けてみなさい。役場だったらまあいいでしょう。でも不採用なら進学するのよ」と提案した。

「ありがとう、お母さん。私、家を離れたくないの」

「よーし決まった。先生は内申書を書くからね」

全く智子の予期せぬ3者面談となった。学校を後にしながら智子は（ああは言ったものの、本当に良かったのかな。いや、いいとは思えない。恵理がかわいそう）という気持ちでいた。

後日、恵理は、村役場の面接試験を受けた。筆記試験はない。智子はやはり恵理が不合格になることを祈った。しかし、3日後学校に連絡があった。採用だ。野口は恵理の採用通知書を恵理に渡した。

「良かったな！　小川」

「先生がこの話をしてくれなかったら就職先がまだ決まらなかったかもしれない」

「この採用通知書をお母さんに見せてあげなさい。これを見ると反対しないと思うよ」

「はい。ありがとうございます」

「4月1日から小川は村役場の職員だ。最初はアルバイトだけど、面談で言ったように勤務成績がいいと、正規で雇ってくれるかもしれないから頑張れ！　頑張れ！」

野口は喜ぶ恵理を見て、我がことのように喜んだ。毎年卒業生が進学し、連絡船で見送ってきたが、島内で就職もいいもんだなと目頭が熱くなるのを覚えた。

採用通知書を手に、恵理は家の畑に行き、農作業中の智子に見せた。智子は特に感動するということはなかったが、恵理の意志の強さを讃えたい気持ちはあった。

祐一は今朝、1度海を見に行ったが、海が荒れていて、「今日は釣れない」と諦めて家に戻っていた。昼間から島焼酎を飲んでいた。

「ただいま」

「お帰り」祐一はぶっきらぼうに言った。

「お父さん、私、役場の事務のアルバイトに採用されたの」恵理はこんな父親でも見捨てない。ところが、祐一はもう既に娘への愛情などなくなってしまっていた。我が身の辛さを誰にもわかってもらえないことを呪った。たとえ妻子でさえ、その地の底から吹き上がるような不幸への恨み節の矛先を向けていたからだ。もはや昔の仲の良かった家族の痕跡もない。

「そうか」娘とはあまり話をしたくないので何の感想も言わなかったが、実は内心非常に喜んでいた。もう貯金も底を突いていた。島外へ恵理が進学したら仕送りなどで金がかかる。金はどうするんだと思っていたところに突然の吉報だ。一家に稼ぎ手が現れたのだ。嫌であるはずがない。しかし、ここ何年もまともな会話なんてしていない。だから照れくさくておめでとうも、良かったねも何も言わなかった。祝福もしてくれない父だが恵理は恵理なりにわかっていた。父の口元が緩んだからだ。

そこがこの家族の素直過ぎる特徴だ。

「そうか、春になったらお前も家に生活費を入れてくれるんだな」自分の心の内をそのまま素直に口にした。

「お父さん、これからは私も働きます。稼ぎます」一緒に帰っていた智子が気遣って言った。

「お父さん、褒めてあげてよ。役場なんだから」

「おめでとう」祐一はポツリと無表情で社交辞令のように言ったが、言い方以上にやはり口元が緩んでいる。家族愛の冷め切ったこの男、要は金である。

自らの心の傷が病んでしまって、もはや漂流事故前の思いやりのある父親ではない。恵理への愛情はさることながら、関心もなくなっていた。そんな世捨て人のように堕ちていった祐一にとって恵理が働いてくれることになったのだ。今では夢も希望も失った生活をしているが、金は現実のことである。この現実は、喜怒哀楽の中で欠けてしまった喜の部分を多少修繕してくれたのだ。

恵理は無事、中学校を卒業した。

智子は、恵理を連れて八丈島に買い物に行った。社会人になるのだ。OLとして恥ずかしくないようにスーツとハイヒールを買って美容院に行くのが目的だ。本当は東京で買いたかったが、家計は火の車。八丈島まで行くのがやっとであった。それでも、娘に不憫な思いはさせたくないので、八丈島で一番トレンドに詳しい洋品店と靴屋で選んだ。まず、洋品店に入った。恵理は女性としてほぼ標準体型だったため、既製品で見栄えのする濃紺のスーツに決めた。

その後、靴屋に入った。恵理は真っ赤なハイヒールが目に留まった。眩しいほどの輝きを放っている。恵理はたちまちこの赤い靴のとりこになった。ほしくてたまらないので、智子にめったにしないおねだりをした。

「この赤い靴がいい！」

「お嬢さんにお似合いですよ」と、店員はこの靴を売ろうとした。

智子は恵理から珍しいおねだりだ。買ってあげたかった。しかし、役場にふさわしい色ではない。

「恵理、その靴は役場にふさわしくないからプライベートでオシャレする時に履きなさい。いいよ、買ってあげる。ただし、仕事の時はこの黒いのにしなさい」靴屋の店員は、2足も買ってもらえるので、気が変わらないうちにと、話をまとめにかかった。

「お嬢さん、それでは勤めの時にはこの黒い靴で。そしてプライベートではその赤い靴にしましょう。お母さん、いいですか？」

「そうですね」智子は（内心2足も買うようになるとは、大丈夫かな？）と思ったが、

「うわあ、この赤い靴、ほしかったあ。お母さん、ありがとう」恵理のこんな嬉しそうな顔が久しぶりなので納得できた。

「それじゃあ、お靴を箱に入れましょう」店員は大事そうに、2足をそれぞれの箱に入れた。


八丈島と沖ヶ島間は週に3回、フェリーが出ている。こんな小さな沖ヶ島でも車は必需品なので客船ではなくフェリーだ。ただし、沖ヶ島航路は、風浪や、潮流の影響を受けるためダイヤ通り運航できないことは多くある。

所要時間は3時間となっているが、きっちり時刻表通りに到着することは少ない。更に、沖ヶ島から八丈島までの95キロメートルは沖ヶ島を13時に出港して八丈島に

16時前後に到着するので、必ず八丈島には泊まらなければならない。日帰りはできないので小旅行のようだ。フェリーは黒潮の影響をもろに受けるのでその就航率は約70％だそうで下手したら1週間も欠航が続くことがあり、八丈島での宿泊費は予想が付かない。ただ、運良く、風浪・潮流が安定していたので恵理親子は翌日、無事に沖ヶ島に帰ることができた。このフェリーの名は「おきがしま丸」という。乗船券は2等席で大人1名、2800円だ。この日は出航が遅れていた。急ピッチで荷役作業が行われたが、定刻より22分遅れて出航した。この日は波が高く揺れたので智子は船酔いした。恵理は父に似て船に酔ったことはない。智子は酔って気持ち悪い。沖ヶ島がだんだん大きく見えてきて少しは気休めになった。沖ヶ島は西方の青ヶ島ほどは険しくない。青ヶ島の場合は、島一周、高さ約200メートルの断崖絶壁が海面からせり上がっているが、沖ヶ島の場合、やはり高さ約100メートルの断崖絶壁で覆われてはいるものの、前述したように、1か所だけ入り江がある。そこが青ヶ島との違いで、船を繫げる入り江があるため、江戸時代から漁業が村の基幹産業である。

農業はというと、土地がアルカリ性不良土壌で農耕には適さない。ただし、漁業では食生活に偏りができるので、ほぼ自給自足程度の農家がメインであった。アルカリ性不良土壌では、鉄分が水に溶けない水酸化鉄として存在しているため、植物は根から鉄分を吸収することができず、鉄欠乏症を引き起こすのだ。全世界の陸地の約3分の1は、農耕に適さないとされるアルカリ性不良土壌で占められているが故に、世界中で研究されてきて改良されてきた。ただし、土壌改良には金がかかり、ただでさえ貧しい沖ヶ島の農民はなかなか土壌改良に手が出せずにいた。少しばかりの現金収入を農業で手に入れてきた智子もそのうちの一人だ。土壌改良ができない農地で作物を育てるのだから、単位面積あたりの収穫量はかなり少ない。しかも、平地が少ないこの沖ヶ島の農地に大型の農業機械を購入するのには割に合わず、ほとんど機械を入れないで耕作しているのが現状だ。つまり働けど働けど暮らしは楽にならないという訳で、いわれるまでもなく釣果の振るわぬ祐一の稼ぎでは焼け石に水程度である。しかし、智子は堕落した夫の分も稼がなきゃという強い意志のため「私が働くしかない」と決めると、それからは力がもりもりとみなぎってきたのだ。本来病気がちだった智子はみるみる病気を寄せ付けない強い体を手にしたので、休むことなく痩せた土地で農業を続けていた。ただし一家３人がギリギリ生活できる状態であった。

智子は、さつま芋とサトウキビを育てているのだが、現金収入は少なく、物々交換で肉や他の野菜、それに祐一が毎日飲む酒を手にしている。この酒代が馬鹿にならない。

さて、八丈島で買い物した恵理親子は沖ヶ島港に、13時26分に到着した。帰宅すると、やはり海が荒れていたからであろう。祐一が既に酒に酔っていた。

「ただいま」

「おう、今日、よく船が出たな」

「そう、出たのは良かったけど海が荒れたおかげで酔っちゃった。ああ、気持ち悪い」

「お父さんただいま」

「何だかいろんな物、買ってきたんだな」

「お父さん、恵理が就職するからスーツやら靴やら買ってきたのよ」

「お父さん、今、このスーツに着替えるから待っててね」恵理が気を遣った。

「けっ！　そんなもんどうでもいいよ。金がもったいない」祐一は背を向けたままだ。

「ごめんね。私、頑張って働いて家に生活費入れるから」恵理はフォローするのにも冷や汗をかいた。

「お父さん、初出勤の日は恵理の晴れの舞台なのよ。美容室に行って大人っぽくなってるから見たらびっくりするよ」

「ふん」相変わらず祐一は興味がないので背を向けたままだ。

「お父さん、見て見て」恵理の弾んだ声だ。昔から顔も声もかわいいのだ。

「そんなもん、どうでもいいよ」祐一が振り返るとどうでしょう。恵理はすっかりべっぴんさんに変身していた。祐一は恵理のあまりの変貌ぶりに驚いた。ごくっと生つばを飲み込み（いい女だなー）と思った。その感情は親子とは違う何か危険な香りがする。

「いいんじゃないか」珍しくいつも恵理には無関心な祐一が褒めた。

「ありがとう」父から久しぶりに褒められて恵理は嬉しくなり、その場で一周回って見せた。

「お父さん、きれいでしょう。役場に咲く一輪の花ね」智子は夫が喜んでくれたのでほっとした。何しろ、高額な買い物をしたから、怒られるかなと思っていただけに嬉しかった。

この家族としては、実に久方ぶりの明るさが舞い込んだ。

しかし、祐一の喜びは危険な方向に向かう黄色信号だった。その日から祐一は、恵理に対して、あってはならない感情が芽生えてきた。既に恵理に娘としての関心はなくなっている。娘とは別の感情。つまり、娘ではなく女として見るようになった。

お尻のあたり、女性らしく丸みを帯びている。それを見るたび（あんさんええけっしてまんなあ）とはっきり言いたい気持ちに駆られてきた。同じ屋根の下だ。大丈夫か？　恵理がべっぴんさんに変貌したから、祐一はエキセントリックな変態おやじに変貌していった。

　恵理の記念すべき初出勤の日まであと2日と迫った日、この家族に最大の悲劇が訪れることになった。恵理は智子と一緒に畑仕事をしていた。智子が初出勤間近な恵理に気を遣った。

「恵理、あんた指先が汚くなるからもう上がりなさい。役場で事務仕事でしょう。爪はきれいにしておこうね。周りの人から指先は見られるでしょう。」恵理は、そんなことよりも母の手伝いが大事といつもなら思うところ、役場の仕事のため、スーツや靴を買ってくれた母の思いやりが痛いほど理解できたので

「お母さん、ごめんねごめんね〜。じゃあ上がります」

「指、よく洗うのよ」

「わかってる」こう言って恵理は井戸で指を洗った後、一人で家に帰った。

「ああは言われたけどそんなにきれいには落ちないな」と両手の指を見ながら玄関を開けた。

家の中には、今後はどうせこれからは娘が勤めに出るからとすっかりたかをくくっていた祐一がいた。娘が就職と報告した翌日からは天候や海の状態にかかわらず漁に出ない日が増えた。この日は凪といってもいいぐらい穏やかな海だ。しかし、祐一は外に出るのも億劫な気がして完全にやる気が起きず、朝から飲んだくれていた。恵理が帰った時間はもうすっかり酔っ払っていた。

「ただいま」

「おう」祐一はもうべろべろに酔っている。

「今日はね、お母さんが初出勤の日に指先が汚かったら困るからもう上がっていいって」

「あっそう」

「すぐ昼ご飯にするからね」恵理が台所の流しに向かった。祐一は恵理の尻をずっと見ている。穴が開くぐらい。目が怖い。

その瞬間だった。祐一は股間を膨らますと我慢できず台所で後ろ姿の恵理に抱きついた。

泥酔漂流事故以来、自暴自棄になり、智子同様家族といえども、自らのパニック症状をわかってもらえない恵理にも嫌悪に近い感覚を持っていた。その嫌悪感はやがて娘を娘とも思わなくなり、この間、八丈島から帰って娘ではなく女として見ていた祐一は、欲望を抑えられなくなりついに暴挙に出たのだった。

「お父さん、やめて」

「黙れこの野郎」

「やめてー」怖くなって恵理は泣いた。何しろ、恵理は祐一から抱き付かれ、お尻に父親の固くなった部分が当たっているのだ。初めての訳のわからない感触だ。

「お前はじっとしとけばいいんだ」と言うと一気に恵理が農作業ではいていたジャージを下にずり下げた。

「えーん」恵理はなすすべもないのでただ泣くだけだった。怖くて逃げられないのだ。というより、固まっていた。恵理が逃げないから祐一は早い早い。

「痛い痛い！」恵理はもちろん処女だ。男子生徒とフォークダンスのとき以外は異性と手も握ったことがない。祐一はもう、イチモツを恵理の中に入れることしか頭になかった。

「ダメ。痛い。やめてー」泣き叫ぶ恵理。

鬼畜だ。祐一は激しく腰を動かした。そして、よほど興奮したのかあっという間に恵理の中に射精した。恵理は激しい痛みで泣くしかない。

射精すると祐一は満足して、すぐに恵理を離した。

祐一はただ、快感を得ただけだが、恵理は大事な処女膜が破られた。露出された内股に少量の血がツツーッと滴り落ちた。中に射精された。恵理は性の知識がかなり少なかったが、妊娠の危険性があることだけは理解できた。（父との間に子供ができるなんて考えられない）そう思うと、そこにいることに耐えられない。祐一は自己満足したのですぐにステテコを上げて台所から出た。恵理は直ちにジャージを上げ泣きながら家を飛び出した。山の方に走って行った。

その泣きながら走って行く恵理を見ていた近所の森下敏子が心配になって小川家を訪ねた。祐一の泥酔漂流事故と、その後の奇行から村八分にされている一家を唯一、気にかけてくれる心の広いおばさんだ。彼女は民生委員をしている。

「恵理ちゃん、どうしたの？　泣きながら山の方に走っていったけど」

祐一は本当の理由を言うはずもなく、

「あいつは泣きみそなんだよ。自分の思うようにならないとすぐにヒスを起こすんだ。困ったもんだよ」

「まだ子供なのね」

「明後日から仕事だというのに大丈夫かな」

なんと、鬼畜祐一は口から出まかせを言った。全く罪悪感も道徳心も自己嫌悪も感じていない。最低の男だ。

「そうね。早いものね。あの恵理ちゃんがもう働くんだもんね」

「父親としちゃあ、あれじゃあ先が思いやられるよ」

「小川さんも飲み過ぎ。昼間はちゃんと働いて、飲むのは夜にしないとね。それはそれで先が思いやられるよ」

3月も終わりだ。日は長くなったとはいえ18時を過ぎた。その日は夕焼けがきれいだがそのきれいな空を見ることもなく恵理は山の林の中でまだ泣いていた。

「お母さんを、お父さんのDVから守ってあげるために島内に就職を決心したのに、お母さんの力になれそうもない」自らの無力さが情けなかったからだ。あたりはにわかに暗くなり始めてきた。この島に猛獣はいないが、さすがに恵理も道に迷ってはまずいと歩き出した。しかし、父親から性的DVを受けたなどと母には言えない。それ以上に、父の顔は2度と見たくない。(今まで無視されても無視されても、それでも父親をかわいそうな人だと思って優しく接してきたのに裏切られたのだ。もう父親に思いやりなんて持てるはずない）と思うとまた泣けてくる。

なかなか家に帰れないでいた。学校では父の事故が子にたたり、仲間外れにされていたので行き先がない。林を出たところで真っ暗になった。家の灯りを圧倒的に上回る孤島の夜空だ。満天の星が流れるようにきれいだ。しかし、恵理の心はこの先、晴れるような見通しは皆無だった。あり得ないと思っていた。

（どうせ家に帰ってもまた父親から同じことをされる）そう思うといっそのこと断崖から海に身を投げて自殺しようかとも思った。

そんな時に、もう卒業したが、中学校の元担任教師だった野口のことを思い出した。仲間外れの学生生活で唯一、話し相手になってくれた人で、恵理は彼に淡い気持ちを持っていた。つまり、初恋の人だ。野口の家（学校の官舎）には、中学校のみんなと遊びに行ったことがある。小さな村落だ。1回行った家なら覚えている。まだ独身の男性教員だ。異性であることを恵理は早くから意識していた。野口は決してイケメンとは言い難いが、学校の女子生徒から人気はあった。

恵理は野口の住んでいる官舎のインターホンを鳴らした。19時が近い。既に仕事を終えて帰宅していた野口は夕食の準備をしていた。

「こんばんは」

「おう、小川じゃないか」

「先生」と言ったところで恵理は涙声になった。

「どうした? 小川……あ、明後日から仕事なんだよな。悩みがあるんだったら聞いてあげるよ」卒業した後なのに、未だに相談に乗ってくれるという。感激して恵理は泣いた。涙がいくらでも溢れてきて声にならない。こんな恵理を野口は見たことがない。いくら仲間外れにされようが気丈だった生徒だ。(よほど辛いことがあったんだろうな)と思った。確かに恵理の父親の泥酔海難事故以来、祐一が村八分にされたこと。それによって娘の恵理まで仲間外れにされたことなど、この極少人数の受け持ちでは明々白々であったので、何度か生徒や家庭訪問で生徒の親にも注意したことがあったし、恵理にカウンセリングをしたこともあった。その時、恵理には落ち込んだ様子がなかったので、野口は「メンタル強くてしっかりした子だな」と評価していた。その恵理がただならぬ涙を流している。

「小川の涙は初めて見たよ。卒業生とはいえ僕の教え子だ。何でも話してごらん」優しく言った。

ところが、恵理は父から襲われたなんて恥ずかしいことをとても言い出すことができなかった。本当の話はできないが、何かを話したかった。他人と話がしたい。そこで話題を関係ないことに持っていった。何でもいいのだ。気が紛れるから誰かと話がしたい。

「明後日から働くのが不安なんです」と、恵理は心にもないことを言った。

「大丈夫だよ。赤垣も手取も進学で八丈島に行くからな。小川は親元を離れないからそういう面じゃもっと心を楽にしなよ」

「はい」恵理は話題は何だっていいのだ。

「まあ、15歳で一人だけ就職するんじゃあ不安になるよな。僕だってもし15歳で就職したらやはり不安になったと思うよ。よし、小川の不安な気持ちはよくわかった。でもな、小川。最初は不安でも、とにかく3日続けてみろ。人の心は温かいんだ。周りの人が優しく教えてくれるよ。3日続けたら次は3か月続けてみろ。3か月働くと、それが普通のことになるから。そして3年。その頃には人間関係も仕事も慣れっこになって、どんと来いって気持ちになってるもんだよ」

恵理は、「はい」「はい」と聞き役に徹した。

「3日、3か月、3年。よく覚えとけばいいよ」

「はい。そうやってみます」

「小川はこの絶海の孤島の村にとって、村で就職して、村で結婚して子供を産むっていう貴重な子なんだよ。村長も小川のことは褒めていたよ。本当だよ」

恵理の心がいかに傷付いているのか、理由などどこ吹く風。野口は自分の語りに酔って、どんどん話してくる。話しながら（我ながらいいこと言うな）などと思っている。

（これが教師のあるべき姿だ。教師と生徒。生徒目線で良い方向に導くんだ）野口は絶口調だ。

「先生、気持ちの整理ができました。4月1日に元気に出勤しようと思います」恵理は、全く見当違いの話を聞かされているが、それはそれで他人と話がしたくてたまらなかったところへ、初恋の人から熱い言葉。ありがたかった。父から受けた性的DVで傷付いた心の痛みが薄れてきた。（先生と話ができて良かった。何だか元気付けられた。「父に襲われました」なんて絶対言えないけど、先生と話して気が紛れた）と、他のことに関心を向けることで嫌なことが一瞬でも忘れられたので我に返った。（母が心配しているからそろそろ帰らないと）と思い、

「先生の話で気持ちが楽になりました。ありがとうございました。私、仕事頑張ります」

「良かった、良かった。小川、お前に涙は似合わないぞ。頑張れ！」

「じゃ、母が心配するから帰ります」

「ああ、そうだね。じゃあ、元気な姿を見せて、お母さんを安心させてあげなさい」

「はい。ありがとう先生。さようなら」

「悩みがあったらいつでも来いよ」野口は、この離島の少ない生徒数が故に、より濃密に生徒に接することができることのアドバンテージに満足していた。

　実は野口は、恵理に男として好意を持っていた。恵理ははっきりいってかわいい顔をしている。天然だが、そこがまたかわいいと思っていた。恵理在学中は、先生と生徒の垣根はもちろん越えなかった。先生として当然の倫理観ではある。しかし卒業後、すぐに先生と生徒の関係ではなくなった。この意外な展開に心の中で微笑んだ。それに対し、恵理は恵理で野口は初恋の人だ。ただし、今この時は、父親から襲われた直後で、愛だとか恋だとかを考えられる精神状態ではない。ただただ、真剣に話をしてくれた恩師をありがたいと思っていた。

ところで今、小川家はどういう状況になっているのだろう。日が暮れたので、智子はいつものように畑仕事を終わらせて家に帰った。

そして祐一から、我が耳を疑うとんでもない話を聞くことになる。祐一は自らの悲劇の人生で孤立し、人に対する思いやりをついに失くしていた。就職した娘は生活費を家に入れてくれる「ただの便利な女」ぐらいにしか思わなくなっていたので、悪びれたところもなく智子に正直に昼間の性的ＤＶの話をした。

「えへへ」と照れ笑いをした後、続けた。

「お母さん、俺、さっき恵理とセックスしたんだ」

智子は天地がひっくり返るほど驚き、足腰が立たなくなってその場にへたり込んだ。

「嘘でしょ！」それだけ言うのがやっとだった。本当のことだなんて思えない。

「本当だよ」

全く罪悪感がない祐一に言葉も出ない程の圧倒的な絶望感に打ちひしがれた。

「もう終わりね」智子は今まで夫に身も心も痛め付けられてきた。自分だけならまだ耐えられるが、まさか実の娘を手籠めにするとは、もう堪忍袋の緒が切れた。

「何が終わりなんだよ。たいしたことじゃないじゃないか」祐一は開き直った。

「あなた、自分がしたことわかってんの？」

「はいはい」祐一は茶化した。

「もう、あなたとはいられない」

「何言ってんだ、お前バカか！」

「それで恵理はどこにいるの？」

「知らん」

「恵理──！」智子は2部屋の小さな家の中を狂ったように探した。

「まだ帰ってないようだよ」

「あの子は出ていったの？」

「ああ。泣きながらね」

「やっぱり、あんたは娘を犯したんだ」

「まあね」

「恵理はあんたに犯されたショックで家を飛び出したんだ。それで……自殺してたらどうすんのよ！」

「まさか？」

「私はあんたの暴力に耐えてきた。私なら何とかなるけど、娘には」

「だからどうだって言うんだよ」祐一は完全に開き直っているのだ。全く話が噛み合わない。

「もう2度とあの子を家にいさせない。役場には電話して辞めさせる。島から脱出させる」

「馬鹿かお前は。恵理が働いて家に生活費を入れてくれるようになるというのに、何を考えてんだ」

「このまま恵理が家にいれば、絶対、あんたはまた手を出す」智子は瞬時に決めた。

恵理は東京に行かせる。そして2度と祐一に会わせないために住所も教えない。と決断した。

「俺が意地でも恵理に役場を辞めさせない。うちの金づるじゃないか！」そう、祐一は恵理を金づると共に性的奴隷にするつもりなので智子の暴走を止めないといけないのだ。

酔いも手伝ってまた智子に暴力をふるった。「智子も恵理も絶対、従わす！」こう言って智子を殴った。

「痛い痛い」智子は殴られて痛い中、瞬間的に思いついた。

「もうあんたとはいられない。恵理を連れて家を出る」

「そんなこと俺が許す訳ないだろう」家の収入の半分以上を農業で稼ぐ妻と、4月以降働いて生活費を入れてくれる上、性的奴隷にする娘を同時に失うなんてあり得ないと思って、1発殴ったら2発3発と、止まらなくなった。

小川家は修羅場と化した。そんな大騒ぎの中、野口と話して少し心の傷が緩和された恵理が帰ってきた。玄関の鍵を開けドアを開くと祐一が智子を床に仰向けにして足で蹴りを入れている。今までもよく見た一家の景色だが、今日は特に異常に激しい。これ以上蹴られると危険だ。「死んじゃう!」恵理はすかさず仲裁しようと駆け寄った。

「お父さん、やめて!」野口に諭されて、乱闘を止めさせるぐらいのパワーを持ち直していた。

「恵理、こいつはお前に役場を辞めさせようと言い出したんだぞ。悪い奴なんだ。許せないだろう?」

「恵理、今すぐに私と家を出るのよ!」智子は祐一が恵理に気を取られている隙を狙って立ち上がった。バッグを取り出そうとした。

「早く、必要な物、これに入れなさい!」智子は痛みをこらえながら必死の形相だ。

「そんなことさせるか!」祐一が止めにきた。

「恵理、あなた、こいつに犯されたんでしょう? こんな鬼の住む家にあなたを置けない」

智子は叫んだ。

祐一は、経済面で二人にいてもらえないと暮らせないので困る。大いに困る。自分一人で生活できないことは十分承知しているからだ。

かといって二人の家出を止めるために話し合いで解決させようなんて考える脳がなく、放っておくとどんどん荷造りされてしまう。結局、暴力しか手立てがないので再び暴力を続けた。

ついに恵理は堪忍袋の緒が切れた。

「あんたは私のお父さんじゃない！」と言うと、酔って足腰のもたつく祐一の股間を思い切り蹴った。

「痛い。痛い痛い痛い」睾丸が潰れたかもしれないぐらいの激痛で祐一はその場に崩れ落ち四つん這いになって痛がった。

敵はもんどりうって暴力をふるうどころじゃない。

「恵理、よくやった。さあ、今のうちよ、準備して！」

「うん！」

「こいつは私が食い止めるから、あなたは準備できたら家を出なさい！」

恵理が準備できるまで祐一はずっと痛がって戦意を喪失していた。痛くて反撃どころではない。

力のない女性はこれをやれば良い。ただ一つ、男のどうしても克服することができない弱点の睾丸。人間の進化の過程で何故、その危険な睾丸を体内ではなく露出させたままなんだろう？　そう考えると不思議である。

おそらく祐一の睾丸は割れた。その痛さ、絶対的な現実からもう恵理に手出しできない。恵理は、自分の準備が終わって智子の準備を手伝っていた。

しかし、智子は意外な決断をした。

「恵理、あなただけで行きなさい。私はこいつの面倒を見なきゃいけないから」

「そんな。お母さんも一緒じゃなきゃダメ！」

「こいつは、私がいなきゃ生きていけないんだ。こいつに人生を潰されるのはお母さんだけでいい。あなたは若い。希望を持って自由に生きてほしいの」と言うと、智子は準備をやめた。睾丸を蹴られてのたうち回る祐一の情けない姿を見て泥酔海難事故前の優しかった祐一を思い出したからだ。あまりに現在の祐一が情けなさ過ぎる。もういい、恵理さえ脱出させればそれでいい。自分はいつの日にか、夫への献身で昔の優しい祐一が蘇ってくること、おそらく無理だろうが、それでも一縷の望みを持って、本来の思いやりのあった祐一を取り戻させてみると決心したのだ。

自分は残る。そして、恵理の肩を押した。

「さあ、行きなさい！　自分の好きに生きなさい。私のことは考えなくていいからね」

恵理はおぼろげながら、母が家に残ることに決めた理由がわかった気がした。人としてどうしようもない父だから母が助けてあげるしかない。母には申し訳ない気持ちでいっぱいだが、同じ血が流れる母と娘だ。一卵性親子と言ってもいい。母の思いは伝わった。父は母がいないと生きていけない。だから母は父と家に残る。そう決断したようだ。後ろめたさはあったが、とにかく父とは離れたかった。

「これ、持って行きなさい」智子は、たんすの中から、爪に火を点す思いで貯めたへそくりの入った封筒を恵理に渡した。

恵理は、バッグを持ち、就職祝いで母に買ってもらった赤い靴を履いて無言で家を飛び出した。

「お母さん、ごめんなさい」という言葉を胸に、港の方へ急ぎ足で歩いた。八丈島行きの船が出るのは明日の13時なのは知っている。この間、どこで過ごそうかと考えた。3月の終わり。いくら東京から352キロメートル南に位置する島でも野宿には寒い。家出の初日、どこで寝泊まりするかあてもない旅立ちとなった。

港の近くには野口の住む小中学校の官舎がある。恵理は、野口の家に泊めてもらおうと思いついた。それには、本当の理由を言わなければならない。つい先程、野口の家で言ったこととと違うからつじつまが合わない。就職を折角世話してもらって、

1日も勤務しないで役場を辞めることへのお詫びの気持ちもあった。

結局、もう嘘はつかず本当の家出の理由を話そうと決め野口の家のインターホンを鳴らした。

野口がドアを開けた。

そこには何と、僅か2時間前に帰った恵理が立っている。

「来ちゃった」恵理が無意識につぶやいた一言が、野口の心を大きく揺さぶった。

野口は恵理をかわいいと思っている。あまりに都合のいい展開じゃないか。野口はひょっとして告白されるのかなと期待した。

「あれ？　どうしたの？　また何かあったの？」

「先生に本当のことを言おうと思って」

野口は（ついに、来るぞ来るぞ）と今にも抱いてあげたい気持ちでいっぱいになった。

「もう、卒業したんだ。先生じゃないよ。野口さんでいいよ」

恵理は初恋の人だが、この淡い気持ちは胸の底にあった。その思いよりも今夜は本当のことを言って泊めてもらいたい。

「野口さん、さっき私がした話は嘘なの。本当はお父さんに暴力ふるわれたから家出してきたの」性的ＤＶとまでは言えなかった。それでも父親から暴力をふるわれたことは家出の理由としては成立するであろう。

「それはただ事じゃないな。僕が間に入って相談に乗ってあげよう」野口はあてが外れて拍子抜けになったが、いつでも相談に乗るよと言った以上、いい人になってあげようとした。

「すいません」

「それにしても、そんなに荷物持ってどこへ行くの？」野口はまだ諦めていなかった。直感で、（ひょっとして俺の家に泊まろうとしてるんじゃないの？）と思った。

「私、明日、13時出航の『おきがしま丸』で八丈島に渡ります。そして東京へ行きます。野口さんが折角世話してくださった役場の就職はしません。申し訳ないです

が断ってもらえますか?」野口は期待が外れたが、親身になり、

「俺が小川の家について行ってあげるから考え直そうよ。暴力は絶対良くないけど俺がお父さんに直接話して丸く収めたい」

「もうあの家は嫌なんです。父の顔なんて一生見たくない」

野口は(こりゃあ根が深いな。他人が入り込んでいいものか?)と思うと、二つの選択肢が頭を駆け抜ける。一方は引き続き、親身になって相談を受け、家に帰して役場も辞めないでいいように諭そうとするが、もう一方はこのまま家に泊め、明日の恵理の旅立ちを支援する。

しかし、そこに、第3の選択肢が頭をもたげた。もう、何でもいいから、恵理を自分の部屋に泊めて、男と女の関係を作りたいという煩悩だ。

「君は、就職が決まってるじゃないか。家は出ても島に残るべきだよ」

「私は役場で働いたらどうせすぐに父がやって来るに決まってます。この島は逃げるところがないんです。わかってください」

野口は恵理が遠くに行ってしまうことに落胆の気持ちを隠せなかった。更に、役場に対して直前の辞退とあっては役場と自分、そして校長との信頼関係が壊されることになる。しばし、言葉を失った。

「まあ、ここじゃあ何だから上がって上がって」玄関先から部屋の中に恵理を招き入れた。

「お邪魔します」

「まあ、散らかってるけど、かけて」

「あ、今ご飯食べてたの？」

「そうだよ」何気ない会話をしているうち、恵理の決意の強さを痛感し、恵理の夢を叶えてあげたくなった。

「わかった。明日、役場に小川が辞退すると話しておくよ。東京はいいぞー。君は東京で可能性を追求しなさい。僕も応援するよ」

「ありがとうございます」

「そうか、君は東京に憧れていたんだな。それを早く知っていれば役場は斡旋しなかったんだけど。小川よ、大志を抱け！　東京で一旗揚げてこい」

「野口さんにすっかり迷惑かけちゃって。すいません」

「いやいや、迷惑なんかじゃないよ。教え子の将来を考えてあげるのは担任として当然。これも、少人数の生徒であるが故により深く指導できるんだよ」

「野口さん、押しかけてきて図々しいんですけど、今夜1晩泊めていただけますか？　私、友達がいないんで、野口さんだけが頼りなんです」

「いいよ、こんな汚い部屋で良かったら、泊まっていきなさい」

「ありがとうございます」

さあ、好みの女子が転がり込んできて、泊めてくれと言っている。野口の頭の中は天使と悪魔が交錯している。

「お布団敷くね。シーツは洗濯してあるのに替えるから。そっちで寝て。俺はこのホームゴタツで寝るから」

何と、野口は恵理と話していくうちにすっかり煩悩が消えて何処かへ行ってしまった。

この先、恵理の持つこの素直さ・清らかさにいろんな男たちが通り過ぎていくことになる。野口は（大丈夫だよ、僕は未成年の女性を襲ったりしないから安心してね）と言いかけようかと思ったが、そんなことは冗談でも言えないぐらい恵理が幼く感じたから言わなかった。ただし、恵理からもし誘ってきたら、据え膳食わぬは男の恥だ。その時は成り行き任せだとも思っていた。

「着替えるから野口さん向こう向いててね」

やはり幼い。野口は自分の願望が遠ざかっていくのが見えるようだった。

ところで、このシチュエーションだ。恵理は初恋の人が同じ部屋にいる。実は恵理は（野口さんを温めてあげたい。泊めてもらえるお礼に。どうせ、さっきお父さんに襲われてロストバージンになったばかりだ。それなら野口さんを誘惑すればいいじゃん。初恋の人である野口に抱かれれば、父親に無理矢理犯されたことを少しは忘れられるのではないか。野口さんを独身の寂しさから温めてあげようか？　でも、女の自分からは言えないな）と、大人だか子供だかわからない、微妙な気持ちでいた。

「それじゃあ、おやすみ」野口はいい人であり続けることにした。（恵理からのアプローチはやはり自分の思い込みだな。俺から誘ったらいい人じゃなくなってしまう。まだ中学を卒業したばかりの純粋無垢な子じゃないか。俺の考え過ぎだな）と納得し、灯りを消した。

「おやすみなさい」恵理には、本来ならあまりにもショッキングな日。それこそ睡眠薬でも飲まなければならないような精神状態であったが、野口によって救われたのだ。信頼してやまない野口の部屋で安心してすやすや眠れた。

翌朝、学校は春休み中とはいえ、来年度の生徒の受け入れ準備や会議のため野口は通常の出勤日である。野口も恵理も目覚ましで起きた。やはり、二人の間には何も起きなかった。

「おはよう」

「おはようございます、野口さん」

「あ、君はまだ寝てていいよ。出航時間は13時だろう?」と言いながら机の引き出しを開けた。

「この名刺持って行きなよ。俺の親友なんだ。渋谷の広告代理店で営業マンしてる。いい奴だからいろいろ世話をしてくれるだろう。この名刺には携帯の電話番号も書いてあるから東京に着いたらすぐにでも頼ればいいよ。俺からも彼に電話しておくから」

「何から何までありがとうございます。それじゃあ、名刺いただきます」

「いただきますって、その名刺食べちゃあだめだぜ」

「やだあ、先生。食べる訳ないじゃん」

「そうか、それなら良かった。じゃあ、俺は仕事行くから。君は適当な時間までこの部屋でゆっくりしていればいいよ。出る時は、この鍵をかけてね。鍵は郵便受けに入れといてね」

「はい、そうします」

「それじゃあ、東京で頑張ってな。それが元担任から贈る言葉だ」最後まで野口は恵理に対して誠実だった。


恵理は、12時になったら、玄関に鍵をかけて野口宅を出発した。「おきがしま丸」は、予定より少し遅れて出航した。八丈島の底土港に着くと、底土港から東京竹芝桟橋行きの大型客船に乗った。この日の22時30分に出て、最短で11時間で到着するので、翌日の9時30分前後に到着する。「あけぼの丸」という、とてもきれいで清潔な船だ。運賃は2等席８２００円。飛行機なら八丈島空港から羽田空港までは一番安い便でもその日は1万２０７０円だから、安い船を選んだ。智子からへそくり20万円をもらっているが、先行き不安ばかりなので節約だ。一番安い2等和室はカーペット敷きで1部屋10人ぐらい。一人ひとりのスペースは床のラインで区切られていて、枕元には仕切りがある。そのため寝返りを打っても見知らぬ乗客の寝顔が見える訳ではないのでこれはとっても快適だ。従来の雑魚寝とは違うのだ。頭上には100円リターン式のロッカーもある。部屋は女性専用と男女相部屋があるので恵理は女性専用の部屋を選んだ。この便には団体さんがいたのでそれなりに最初は賑やかだったが、行きは夜船なので消灯時間を過ぎれば静かになった。

そして、翌日になった。いよい恩師から「大志を抱け」と言われた東京上陸の日である。朝は、三宅島に着岸する少し前からアナウンスがあり、恵理が目を覚ました部屋の照明が点いて船内がざわざわし始めた。

三宅島に着岸すると恵理は船のデッキに出て外を見た。出航すると次は大島だ。この間、太平洋はべた凪で、鏡のように静かだ。

まるで、恵理を迎えてくれているように見えた。感動した。

すると、恵理は、自然と卒業式に歌った歌を口ずさんでいた。曲名は川嶋あい作詞・作曲・歌の『旅立ちの日に』だ。別れの寂しさだけではなく、これから始まる新たな日々に希望を託す歌詞が印象的な曲だった。この曲は、卒業ソング1位に輝いたことがある。２００６年に発売された曲だ。２００６年というと恵理が生まれた年だ。

卒業式の時は、ただ歌わされた感があったが、歌ってみると、何と、今の自分にピッタリなことか。まだ上陸前の東京での新しい生活に向かって応援ソングにもなった。ちなみに、卒業式で歌う歌にこの曲を推薦したのは野口だった。

第二章　桜

そして話は冒頭に戻る。物語は恵理がJR浜松町駅界隈にいるところからのリスタートになる。まだ午前中だが、何しろ修学旅行で「千葉県にあるテーマパーク」には行ったことはあるが、バスの旅行だったため、東京に今いることが不安だった。何しろビルが高い。目にうつる人工構築物の大きさに圧倒される。

「あ、東京タワーだ。テレビでしか見たことがない東京のシンボルだ」その高さでは、2012年に完成して、恵理が去年修学旅行で上った東京スカイツリーにその座を譲ったが、あの美しい形状は、現在でも東京のシンボルとして存在感はいささかも変わらないといってよく、東京タワーこそ、ビッグシティイズナンバーワンであり続けると思っている。その美しさに恵理はテンションマックスに達した。

「この大都会東京で生きていくんだ」恵理はいつまでも東京タワーを見ていた。

さあ、東京に来た感慨をひとしきり味わった後、スマホで本日の宿泊先を決めた。浜松町駅近くのビジネスホテルだ。まず、泊まるところが決まり一息ついた。その後、昨日、恩師からもらった名刺を取り出した。株式会社ダイシン広告社とある。名前は北崎保である。恵理にとって名刺は初めて見たものなので、何だか嬉しかった。とにかく会社に電話した。

「もしもし、小川といいますが、北崎さんいらっしゃいますか？」初めて会社というところに電話したので心臓バクバクだ。株式会社ダイシン広告社の事務の女性が電話に出た。

「北崎ただいま外出しております。ご用件をお伝えしましょうか？」

「あ、いいです」電話に出た女性事務員のいかにも慣れた応対に押され気味だったので思わず電話を切った。

「会社ってすごいな。電話に出た女の人カッコイイ！」と感激した。何だか少し社会人の仲間入りができたような気がした。

北崎が今、会社にいないことはわかった。

夢の東京に来た。つてを頼って来たんじゃない。頼りになるかどうかわからないが、全幅の信頼を寄せる野口の親友という男性だ。会ったこともないのに何か運命的なものを感じたので、名刺に書かれた携帯の電話番号に電話してみた。

「もしもし、北崎と申しますがどちら様ですか？」

「もしもし、小川といいます」あの会社員独特のような事務的な話し方に少し声が裏返った。

「あ、小川さん！　野口から聞いてますよ」と突然、親し気な話し方になったので気持ちが楽になった。

「あ、本当ですか。野口さんからですか。良かった～」

「今、営業で出先なんですよ。18時にはいったん会社に帰るので、18時30分に渋谷駅前のハチ公前ってわかるかな？」

「テレビで見たことがあります。渋谷のスクランブル交差点もテレビで見たことがあります」

「おお、そう、そのスクランブル交差点の近くだよ」

「でも、ハチ公もスクランブル交差点もどっちも場所がわかりません」

「そうだろうね。君は、沖ヶ島から今日東京に着いたばっかりなんでしょう?」

「はい」

「じゃ、東京は右も左もわからないよね?」

「そうなんです。電車の乗り方もわからないから不安なんです」

「今、どこなの?」

「浜松町です」

「そう。それなら山手線で来ればいいよ。っていうか、俺がそっちに行くよ。19時浜松町で待ち合わせるとして、今夜どこに泊まるか決めてあるの?」

「はい、浜松町のナチュラルホテルに予約してあります」

「了解。それじゃあ、俺がナチュラルホテルに行くよ。19時にね」

「うわー。助かります」

「そのあと2時間ぐらい大丈夫でしょう？　俺が夕飯ごちそうするから、お腹すかして待っててね」

「えっ？　いいんですか？　でもそれまでの時間どうしてようか？」

「あ、そうか。まだ7時間あるもんね。あはは」

「私、東京は全然わからないから、どこへ行けばいいのかわからないんです」

「そうだな。たぶん、ホテルのチェックインって15時だから、それまで近くの喫茶店で時間潰してて。15時になったらナチュラルホテルににチェックインしなよ」

「チェックインって何ですか？」

「あっ、難しかった？　えーと、ホテルに入って受付することだよ。あまり難しく考えないで大丈夫。フロントっていう受付があるから、そこで優しく教えてもらえるよ」

「わかりました。ホテルに入ればわかるんですね。でも、1回部屋に入ったら、そのあと出られるんですか？」

「出られるよ。わからないことはフロントでいろいろ聞けば大丈夫」

「わかりました」

「19時に、俺がホテル行くからそれまで部屋でテレビでも見てればいいよ。夕食はごちそうするよ。何が食べたい？　焼き肉？　寿司？」

「私、カレーがいいです」

「えっ？　カレー？　いいけど、もっといいもの食べようよ」

「私、カレーが一番好きなんです」と恵理は言ったが、本当は焼肉が一番好きなのだ。

焼肉屋は、父が泥酔海難事故前のこと、仲の良い家族だった頃に、父と母が八丈島の焼肉屋に連れて行ってくれた。とても楽しくて美味しくて……しかし、その泥酔海難事故後に家族が崩壊してから焼肉の体験が逆に辛くなるので敬遠した。高いものを初めて会った人からごちそうしてもらうのも気が引けた理由だ。

恵理は、北崎に言われた通り、15時過ぎにナチュラルホテルにチェックインした。初めてのビジネスホテルだったが、フロントのスタッフが丁寧に説明してくれたため、落ち着くことができ、テレビを見ながら約束の19時を待った。北崎は律儀な男だ。19時より5分前に着いた。恵理の部屋の内線電話が鳴った。

「もしもし、小川です」

「小川様。お連れの方がフロントでお待ちです」

「はい、すぐに行きます」信頼する野口からの紹介とはいえ、恵理にとっては初めて会う男性だ。しかし、恵理は持って生まれた性格により、警戒心を持たなかった。父親に性的DVされても男性不信は芽生えなかった。それよりも、東京ライフに気持ちが弾んでいた。「あれ？　エレベーターどこだっけ？」同じような部屋が並んでいて方向音痴になった。すぐにフロントに行きたいので少しイラついた。

しばらく探して、エレベーターを見つけた。1階を押したがエレベーターが閉まらない。チェックインの時はエレベーターにたまたま同乗者がいたが、今回は一人だけだ。

「あれ？何で閉まらないの」恵理はエレベーターの閉めるボタンを押さなかったから「故障したのかな？」とあせったがそのうちエレベーターは自動的に閉まった。このように、離島にはない物だらけだ。期待と不安を乗せてエレベーターは動き出した。

1階には、フロントの他に、いくつかのソファがあるフロアーがあった。北崎はそこのソファに座っていた。エレベーターから出てきた恵理らしい客を見つけて立ち上がった。

「小川さんですか？」

「あっ、北崎さんですか？」

「はいそうですよ。野口から聞いたよ。今日、沖ヶ島から着いたんだってね」

「はい。今日はわざわざありがとうございます」

北崎は、ピカピカに光り輝く恵理の真っ赤な靴に目が行った。（へえー。離島の人だと思っていたけど結構派手なんだな。15歳なのにやけに大人っぽいな）そう思うと、北崎の中で恵理と赤い靴はセットになった。それぐらい衝撃的な色を放っている。

「野口は、中学生の時からの親友なんだよ。小川さんが東京に慣れるまで面倒見てほしいと頼まれているんだ。今は、野口は沖ヶ島に転勤して会ってないけど、あいつに頼まれたんだ。一肌脱ぐよ。今日は金曜日だから丁度良かった。俺は土日休みなんで明日、一緒に住む場所探したりしようね」恵理は、北崎が思っていたよりずっとかわいい顔立ちなのでテンションが上がった。恵理は15歳より大人っぽく見えた。美人というより、かわいい系である。まだ15歳だ。これから女を磨けばそれこそ「いい女」になれるポテンシャルを秘めた娘だなと見出した。（こんなかわいい娘ちゃんとこれから3日間過ごせると思うと、カレーよりもっといいものをごちそうしてあげたくなったよ）そう思った。

「私、東京、全然わからないからよろしくお願いします」恵理はつくづく島を出る前、野口に会っていて良かったなと思った。こんなに頼もしい男性が目の前にいる。

「お腹減ったでしょ。これから俺が知ってる焼肉屋に行こう。電車で行くから、電車の乗り方をまず教えてあげるよ。そこで腹いっぱい食べてね」恵理かわいさに言葉が弾んだ。北崎の言う焼肉屋は、ＪＲ浜松町駅から電車で一つ先の新橋駅そばにあった。そして北崎は、野口とも行ったことのある焼肉屋で恵理と話に花を咲かせた。

「いやー。楽しい。超盛り上がるね。話に花が咲いてる。さて、花咲かじいさんは誰でしょう?」

「北崎さん、おもしろーい」焼き肉は恵理の大好きな食べ物だ。そして、頼もしくて楽しい北崎が目の前にいる。恵理はこの北崎に全幅の信頼を置いた。

北崎は１９８８年生まれの34歳。東京都八王子市生まれ。中学で同じクラスになった野口と同じ趣味で盛り上がり、すぐにお互いを親友と呼べるほど仲良くなった。

学校の休憩時間になるとすぐに二人は話が合うことに気付いた。何しろ、二人はそろって地理・歴史おたくなのである。知識をどんどんひけらかし合った。地理の話、歴史の話がいくらでも続く。どちらがより詳しく知っているかでバトルになる。相手が知らない知識を言うと、

「どうだー！」と誇り高ぶり、他方は

「未熟ー」と頭を下げるのが二人の間でのルールだ。二人の優劣は、両雄相まみえるという攻防となった。総合的にほぼ互角。ただし野口は日本の地理・歴史で上回り、他方の北崎は世界の地理・歴史をより得意とした。そこで野口は、

「郷土を知るべきだ」と主張し、北崎は

「世界に目を向けるべきだ」と言い返した。

高校も同じ。大学は別々になったが同じ都内の大学だったので付き合いは続いた。しかしその後の進路は別々になった。野口は、高校の成績が良く、将来の夢であった中学校の社会の先生になれた。北崎は、子供の頃から正義感の強いところがあっ

た。ただし、はっきり言って未熟な正義感であり、この先、この未熟な正義感が自らを苦しめることになるがそれはまた後の話。

警視庁・神奈川県警・埼玉県警をそれぞれ受験したが、どうしても2次試験の面接の壁を破れず、ことごとく不採用になった。結局、大学は卒業したものの無職でぶらぶらしていたので、両親から「早く就職しなさい」と何度も言われていた。それでも、次回の警察官採用試験を受けるつもりでいた。東京なんだから大学新卒者の募集先なんて星の数ほどあるのにかたくなに警察官だけを考えていた。そんな北崎が何気なく見たテレビのニュースで自衛隊がPKO（正式には国際連合平和維持活動といい、国連が紛争地域の平和の維持を図る手段として行われてきたもの）で活躍している映像を見た。

「これだ！」これには伏線があった。中学3年生の時に、自衛隊がPKOに派遣されイラクで活動している報道があり、かつてないほど自衛隊がフォーカスされていた。北崎少年には十分な刺激があったのだ。2010年、国連スーダン・ミッション（ＵＮＭＩＳ）で、スーダンに派遣されている自衛官の活躍ぶりをその時ニュースで見て即決した。

「そうだ、自衛隊に入ろう！　自衛隊で俺は国際貢献するんだ」もともと正義感が強いことは自負している。大卒なんだから通常の新隊員採用試験ではなく、秋の一般幹部候補生試験まで待てばいいのに、いても立ってもいられずその場で防衛庁をインターネットで調べて電話した。今なら、７月隊員を横須賀の武山駐屯地第１教育団（現東部方面混成団）で募集していると聞き、大卒中高卒関係ない自衛官候補生試験を受け合格採用された。その後、新隊員前期教育を受け、職種は普通科、任地は札幌真駒内駐屯地と決まった。中隊に配置されてからすぐにでも行きたかったＰＫＯだが、普通科というと、施設科部隊と違い工事する訳ではないし、衛生部隊や通信部隊のように専門性を生かせるものではなく、警備が主な普通科ではなかなか命令が出なかった。やっと、２０１６年、南スーダンの国連平和維持活動で『駆け付け警護』参加の命令が出た。首都ジュバの宿営地で再燃する攻撃に備えての増員である。やっと本来の目的が果たせた。道路・上下水道工事などのインフラ整備をする陸上自衛隊の施設科を武装警備する任務だ。派遣期間は1年間だった。敵の砲撃よりも、南スーダンの国民性に違和感を感じた。何しろ働いているのはほぼ女性。乾燥地帯では子供たちが水汲みに片道2時間、往復4時間もかかり、学校に通えないことが大きな問題になっている。それに比べ、男たちはどうかというと、家でふんぞり返っている。この威張るだけの存在の男性に勤労意欲が根付けば、工業やその他産業が発達し、そこに利益が生じれば自国自前の予算でインフラ整備ができるのにと、北崎は自分なりに結論付けた。

1年間の国連平和維持活動を終えて、自衛隊入隊時のPKOで国際貢献する夢がかなった。その後は幹部への道をたどる訳でもなく自分なりに達成感を手に入れたので、自衛隊を退職した。民間企業への憧れがあった。

退職後、渋谷にある広告代理店のダイシン広告社に入社して3年が経つ。入社後半年間は仕事が全く取れないでいた。見かねた次長が、新聞媒体のネゴシエーションを取ってきた。河合通信社という毎朝新聞の広告枠を主に営業している会社から、一部あまり売れない枠をもらい、低価格で売るという、いわゆるスペースブローカーである。簡単にいえば新聞や雑誌などから買い取ったスペースを広告主に売る広告業務だ。これで初めて北崎は契約を取れ、現在もこの仕事をメインに営業している。ただし、10万円から大きくても200万円までの仕事である。それでも数を取り、粗利をある程度会社に献上している訳だが社長からは、スペースブローカー思考を脱却できない広告マンにははっきりいって未来はまずないと言われ評価されておらず、うだつが上がる方ではなかった。趣味はスキーとスキューバダイビングと金のかかるものだし、キャバクラに入れ揚げたキャバ嬢がいるため貯金はほとんどない。そういう男だ。

金曜日、焼肉屋で二人は楽しい時を過ごし2時間ぐらいで店を後にした。21時過ぎに北崎は恵理をナチュラルホテルに送った。その恵理の後ろ姿を見ながら

「いやー。かわいい子だったな。でも、野口に頼まれた子だから手を出す訳にはいかないのは残念。まだ15歳だぜ。手を出すなんて犯罪だよな」そう思っていた。

翌朝、昨日の焼肉屋で約束した通り、8時30分に北崎は恵理をナチュラルホテルに迎えに行った。

「おはよう」

「おはようございます。昨日はごちそうさまでした。とても美味しかったです」

「朝ごはん食べた？」

「はい。ホテルの朝食。パンと野菜サラダだけですけど」

「昨夜は、俺は飲んだからもう1度復習のため喫茶店へ行こう。俺はオサバよりもコトール派なんだ」

「え？何ですか？それ」

「大手の喫茶店チェーンの名前だよ。これから東京で生きていく上で世話になるから覚えといたほうがいいね」

「はい」恵理は実に素直だ。返事がまたかわいい。

(惚れちゃいそうだよ。やばいな。子供だし)自分で自分を小突きながら入店した。

「トリノサンドAとアイスコーヒーLください。君は何にする？」

「私はアイスコーヒーLにします」

北崎はテーブルに座り、アイスコーヒーにミルクとシロップを入れ、かき回して一口飲んでこう切り出した。

「まず、住む所を決めないといけないね」

「私、18万円持ってるんですけど、それでアパート借りれますか？」恵理は沖ヶ島のことしか知らない。だから、家賃相場もアパートの初期費用のことも知らない。

最近は礼金や敷金が0円の不動産屋があるようだが、それにしてもその後の生活費を考えたらはっきりいって生活できない。

「アパートって、入居する時に前家賃がひと月分、礼金が家賃のひと月分、敷金が家賃のふた月分。そして、不動産屋が取る仲介手数料が家賃のひと月分ぐらいかかるケースが多いんだよ。つまり、具体的に言うよ。家賃が5万円のワンルームの部屋なら前家賃が5万円・礼金が5万円・敷金が10万円。そして、不動産屋の仲介手数料が5万円で合計25万円ぐらい必要なんだよ」

「えー。私18万円しかない。どうしよう」

「まあ、最近はそれより安く入れる物件も結構あるんだよ」

「いくらぐらいですか?」

「そうだな、おれもいい加減なこと言えないからまず、不動産屋へ行ってみようよ。今は便利な世の中なんで、スマホで物件が検索できるんだけど、まずはしっかり説明してくれる不動産屋に行こう。質問にもちゃんと答えてくれるからね」

「沖ヶ島にはアパートがないんです。だから多分、不動産屋もなかったと思う」

ここで、北崎はハタと気が付いた。

「小川さん、東京に知り合いいないんでしょう? だったら、お金が貯まるまで俺の部屋で暮らさないか?」

「ええーっ?」

「アパートの初期費用いらないし、家賃の心配もいらないよ。小川さんから家賃はもらわないからね」北崎は、恵理に会ってそのかわいらしさに夢中なのだが半分ジョークのつもりで言った。

昨日会ったばかりの大人の男性だが、純粋無垢の恵理は全く警戒心を持たないので、

「え、いいんですか? 嬉しい。よろしくお願いします」と、恵理は満面の笑みで即決した。

(むむ、聞きしに勝る純粋無垢な子だな。まさか本当にOKされるとは思わなかった。しめた!)北崎は心の中でラッキーと思い
「それなら決まった。ただし、うちのアパートは東京じゃないんだよ。横浜の鶴見っていう街なんだ」

「鶴見って？」

「横浜はわかるよね？」

「テレビでよく見るけど東京の近くですか？」

「そうだよ。横浜は東京の南。横浜市で一番東京に近いのが鶴見って街なんだ。賑やかで何でも揃っている便利な街だよ」

「東京より田舎なんですか？」

「横浜市はね、日本では人口じゃあ東京の次に多いんだよ。横浜市の外れには田んぼや畑もあるけど鶴見にはないんだ」

「よかったー。一緒に暮らせるんですね。本土の事は何にもわからないからいろいろ教えてくださいね」

話はトントン拍子で決まった。北崎は彼女がいない。（まさかこんなかわい娘ちゃんと一緒に暮らせるなんて）と、小躍りしたいぐらい嬉しかった。

「じゃあ、不動産屋はお金がいっぱい貯まったら行こうね。それまでは俺のアパートだ。じゃあ、ついて来てね」

「ありがとうございます」恵理は深々と頭を下げた。


二人は、JR浜松町の駅から京浜東北線に乗って鶴見駅に着いた。

「さあ、降りるよ。それにしても土日で良かったよ。十分、小川さんに付き合えるよ」

「北崎さんに会わせてくれた野口さんにお礼しなきゃ」

「今度、電話しよう」

「野口さんとお話したい」

「こっち。鶴見駅って西口と東口があるから間違えないでね。俺のアパートは西口だから」北崎の声は弾んでいる。

「駅から歩いて10分ちょっとだよ。その前にそこの鶴商で買い物しよう。さしあたって必要な物を買おう。布団が1組しかないんだ。このスーパーは寝具や日用品も売ってるんだ。布団ね。好きなの選びなよ。俺が買ってあげるから」

「そんなあ、悪いですよ」

「とりあえず、引っ越し祝いね」

「嬉しい」

こうして15歳の恵理と34歳の北崎という変則即席二人暮らしが始まった。まさしく二人にはウインウインである。二人とも大いに満足する展開である。ただし、あくまでも北崎には、親友の野口からのたってのお願いなのだ。いくら恵理がかわいいからといっても手は出せない。出せばその時点で北崎と野口の友情は終わる。そうは言っても、こんなにかわいい恵理という青い鳥が転がり込んできたから人生は何が起きるかわからない。実におもしろい。


時は4月上旬。首都圏ではまさに桜が咲き誇る最高のシーズンだ。

「折角の季節だから、明日の日曜日はお花見に行こう」

「うん。沖ヶ島には桜というと、白い花が咲くオオシマザクラしかないから、テレビで見たピンクの花がいっぱい咲いてる桜の名所に行きたかったんです」

「じゃあ、決まった。明日、上野公園で花見しよう」

「うわー、嬉しいな」

翌日、二人は電車に乗って上野に着いた。満員電車から一斉にお花見客たちが押し出されてきた。

「うわー、すごいな。この人込み。はぐれちゃう」

「離れないでついて来てね」

「よくこんなに人が集まるものですね」

「これが東京だよ。今、満開だからね」

「東京凄い。思った以上ね」

「この上野公園は桜の下で宴会ができるんだよ」

「それもテレビで見た。楽しそうね」

北崎はお花見が大好き。八王子出身なので市内の元横山公園や、都立滝山公園など近くにいっぱい桜の名所があったが、やはり、大人になるとメジャーな東京の上野公園や千鳥ヶ淵、目黒川や隅田川にも行った。どこも甲乙付けがたいが、ダイナミックな地形に咲く千鳥ヶ淵が一番好きである。今回は一番知名度が高い上野公園にした。

「見てごらん、道路脇にびっしり、隙間もなくブルーシート広げてお花見の団体客が宴会してるでしょう。みんないい顔してるね」

「ほんと。みんな楽しそう」恵理はすさんだ家庭で育ったため、楽しい経験があまりなかったので楽しそうな花見客を見ていると不思議なもので、自分までハッピーな気持ちになった。

「お酒を飲んでいるからなのかな、声が大きいね。笑っちゃうぐらい楽しそうな人がいるね」

「驚くのはまだ早いぞ。宴会してるだろう。酔っ払っていろんな人間模様があるんだよ。もっとおもしろい客がいるはずだから先に進もう」

「うん。桜がこんなにきれいだなんてびっくり」歩いているうち、やたら盛り上がった宴会客を発見。なんと、酔っ払った女性客がスカートで桜の樹に登っているではないか。スカートなので周りにパンツ丸見えだ。最近は、お花見にコンパニオンが呼べると聞いているが、プロのコンパニオンでもわざわざこんなところで生のパンツは見せないだろうが、この一画の集団は年配の男性から若い人までの集団でどうやら会社のお花見大会のようだ。木登りの女性はプロではなさそうだ。北崎は（だから公園の花見は何があるかわからない。なんせ、予測不能。何があるかわからないからおもしろい）と思いながら

「おっと、君には目の毒だね。それにしてもハレンチなお姉ちゃんだね」

「やっぱ、おもしろーい。こんなに人がいるといろんな人がいるものね。東京恐るべし」

沖ヶ島で育ってきた少女は違う意味でも感心した。

「これが西郷隆盛の像だよ」

「西郷どん」

「明治維新の英雄だね。坂本龍馬と共に人気が高いね」

「あ、私、歴史苦手なの」

「ひょっとして、歴史って暗記するだけの教科だと思ってないかい？　数字と人の名前がなかなか覚えられないというか、覚える気にならないからじゃないの？　テストで点数を取るため『～年に〇〇が起こって、次は……』のような見方ではなくて、人間ドラマなんだよ。何故、歴史上の人物がそのような行動に出たかとか、その時にもし違う行動に出ていたらなんて考えたら興味は尽きないんだよ。例えば、本能寺の変がなかったら織田信長はその後どうなっていただろうなんて考えると答えは一つじゃない。その時代に我々が生きていた訳じゃないからいろんな仮説が立てられるんだ。自分なりの説を考えるのはおもしろい学問だ」

「そんなもんかなあ」

「そんなもんだよ。じゃあ何で上野に西郷隆盛像が立ってるかわかるかい？」

「全然わかんないです」

「そこよ。上野にある理由は、江戸幕府を完全に終わらせるために新政府軍として西郷隆盛が攻め込んだ土地が上野だったんだよ」

「あっ、一つ勉強になりました」

「そうだろう。歴史っておもしろいジャンルだと思うよ」二人はお花見を満喫して帰った。

恵理と北崎の同居生活は実に微笑ましいものだった。北崎は平日に休みを取って恵理を鶴見のハローワークに連れて行った。恵理はスマホは持っている。小学校の頃から持っていた。これは、沖ヶ島村の教育委員会からの指導であった。絶海の孤島に住み、信号もない島で、テレビなどのメディア以外で、本土に行った時になるべく困らないように、情報だけはいつでも入手できるようにと、小学生の時からガラケーじゃなくスマホを生徒に持たせるのだ。スマホは非常に身近なアイテムだったがパソコンは初めて見る。

「うわー、機械がいっぱいね」

「俺は3年前、ここのハローワークで仕事を検索したんだよ。パソコンの使い方教えてあげるよ。首都圏だから求人募集の会社っていっぱいあるからエリアとか絞っていこうよ。横浜市内で探そう。小川さんは中卒だから学歴不問の会社が良いね。」

「まだ私に何ができるかわからないんです」

「おお、そうなんだ。それじゃあ、俺が選んであげるよ。ウエイトレスなんてどう？」

「ウエイトレスって、レストランの？」

「そうだね。料理とか運んだり片付けたりする仕事」

「じゃあ、それでお願いします」

早速、横浜市内のウエイトレスの仕事を検索した。そして候補の会社を印刷した。窓口の職員に求人票を作ってもらい会社に電話してもらって採用担当者と面接の日時を調整して決めてもらった。

面接当日の朝がきた。

「小川さん、面接頑張ってきてね」

「はい、頑張ります」とは言ったものの、恵理は対人恐怖症という訳ではないがあがり症なのだ。面接のような格式ばった場が苦手なのはまだ自分でもわかっていなかった。

恵理は面接の部屋に案内され、しばらくして面接官が部屋に入ってきた。

「こんにちは」まず、面接官は言った。

「こ、こんにちは」恵理は固くなっていてどもってしまった。

「この度は、面接に来ていただいてありがとうございます」

「あ、はい」

「うちの会社を志望された動機は？」

固まった恵理にとってこの質問に答える理由が思い浮かばなかった。

「えーと……」言葉を失ってしまった。

そんなちぐはぐな調子で面接は終わった。あがり症が自分を苦しめる結果となった。

３日後、不採用の手紙が届いた。北崎が郵便受けで見つけた。手紙が来たから採用通知かと思って恵理を呼んだ。

「小川さん、面接した会社から手紙が来たよ。一緒に読もう」

「えー、私、まともに答えられなかったから不合格かと思ってたけど」

二人で一緒に読んだが結果は逆だった。書面は、画一化されたワープロ文章で、最後に「ご貴殿のご活躍をお祈り申し上げます」と綴ってあった。

「何がご貴殿だ。お祈りしますだよ。不採用なら電話１本で済む話じゃないか。手紙が届いたから期待したのに損したよ」

「やっぱり私、面接って初めてだから緊張してすらすら答えられなかったからかな？」

「まあ、これは練習と捉えればいいよ。小川さんは若いんだ。いい求人がいっぱい待ってるよ。次行こう、次」

「そうですね、頑張る」恵理はそうは言ったものの、今回の失敗で不安が残った。

しばらくして、何となく北崎が新聞を読もうとして手に取った瞬間、新聞の間に挟まっていた折込チラシが床に落ちた。それを拾おうとした時、一番上にあったチラシに目がいった。「盛り付けスタッフ募集」という見出しが目についた。目立つ。一目で募集広告と見て取れたので内容をじっくり読んだ。時間・時給の項目を見るとどうやら24時間稼働の食品工場のようだ。恵理は15歳だから夜勤の時間帯という選択肢はないとして、①の8時から17時を希望して面接を受けてはどうかと思った。仕事の内容は大手コンビニチェーンの弁当作りがメインだ。コンビニがお客様なので24時間操業している。

「小川さん、この会社どう？　弁当の盛り付けの仕事だって。仕事内容は難しくないと思うし受けてみたら？」

「えっ？　お弁当作りなの？　私、ウエイトレスよりこっちの方がやりたい」

「お弁当を作る方じゃないみたいだね。盛り付けだって」北崎はいい奴だ。親身になっている。他ならぬ沖ヶ島の親友、野口の頼みだ。

友情を大事にしたい。早速、恵理は、この乗本食品という会社に電話して面接日時を決めた。

この乗本食品という食品製造会社は、さすがに大手のコンビニチェーンを顧客に持っているだけあって３００人を超える従業員を有する。今、４月である。ただし、４月であるからという訳ではなく、この会社は年中、求人募集している。求人募集の媒体は、このように折込チラシ、ハローワーク、シティビジネスなどのフリーペーパーそして、最近は、ＳＮＳの発達でセンショナルなどのウェブサイトなどあらゆる手段で求人募集している。何故年中募集しているかというと、ひとえに従業員の定着率が悪いからである。ブラック企業一歩手前と言える。世間ではブラック企業一歩手前という会社って結構多いんじゃないだろうか。

この乗本食品の定着率の悪さの原因は人間関係の悪さなのだが、新人がすぐ辞めてもまた新しい人を雇えばいいという企業理念があるのだ。だからしょっちゅう人間が入れ替わっている。製造業といっても、弁当の盛り付けは熟練工ではない。ベルトコンベアーを挟んで2列になって盛り付け人員を配置する。流れてくるプラスチックの弁当箱に一人1品、慣れてくれば複数の品のおかずを配置していく。熟練の必要がない単純労働だ。では何故、単純労働で人間関係が悪いかというと、人間にはそれぞれ仕事の能力に差がある。この盛り付けにおいても仕事の早い人もいれば、遅い人もいる。利益至上主義という観点から、遅い人はいらない。早々に辞めてもらい、またすぐに求人募集すればいいじゃないか、という会社の風土なのだ。ラインというのは、おかずの配置が間に合わない人がいるとそこでその人は責任持ってライン停止ボタンを押さなければならない。そこでラインを止めてしまうことになる。おかずの配置が遅れた人はたまらず「すいません」と謝るしかない。このラインを止める回数が重なっていくと出荷時間が間に合わなくなる。出荷時間は決まっている。厳守なのだ。前置きが長くなったが、このラインの業界あるあるネタである。

さあ、この乗本食品の面接が始まった。面接官の小森は、いかにも食品工場の現場の社員であるかのように全身が白いユニフォームだ。頭にも白い帽子。更にマスクをしているため、実際、どんな顔をした男なのかよくわからなかった。恵理は

「小川と申します。よろしくお願いします」

と挨拶した。

恵理は、この会社の志望動機を聞かれると思って前日に北崎に質問してもらい答えを決めていた。二人でロールプレイングして面接の練習をした甲斐があるなと思っていた。

「私は弁当作りが好きなので御社で働きたいです」と答えるつもりだったが、この会社はそれさえも聞かなかった。この作業に志望動機なんてそんなもん関係ないと言わんばかりであった。

とんとん拍子で入社が決まった。恵理はやはり、緊張してどもったりしてしまった。前回のウエイトレスは接客が仕事だから、お客様とのコミュニケーションが大

事な職種だという理由で面接で落とされたのだ。しかし、この会社のこの仕事は、直接お客様と話はしない。しっかり、ラインを止めずに担当のおかずを配置してくれればいいのだ。面接官は急いでいた。何しろ、このラインは火の車、次の新人を入れないとラインが回らなくなってしまうからだ。小森は現場の服装をしている。実はこの人はこの工場の叩き上げで、社内のいろんな部署を経験している。足りないラインの応援にも出ているのだ。こういう社内での人員のやりくりでやっとラインが回せていることをよく理解している人間だ。自分も早くラインに戻らないといけないから、恵理は即決で採用が決められた。小森には、このラインに兼業主婦のパートタイマーが多い中で、かわいい恵理が入れば職場の花になってくれるんじゃないかという小森個人の思惑もあった。

「早速だけど、明日から来られますか?」

「はい、大丈夫です」恵理は採用が決まったのでプレッシャーから解放されたようにどもらないで答えられた。

「それは良かった。仕事は弁当の盛り付けですが、何時から何時を希望しますか?」

恵理は、昨日、北崎から渡されたチラシを机に置き、「①の8時から17時でお願いします」と伝えた。

「明日からしっかり働いてくださいね」小森はまあ、やらしてみて仕事がラインについて行ける人かどうかは別として、使えればラッキーかな程度の軽い気持ちで言った。

そうと決まると早速ユニフォームを渡され

「はい、これはロッカーの鍵、失くさないでね」と言われた。あまりにも、ことがトントン拍子にうまく運ぶので恵理は驚いていた。ユニフォームを指定されたロッカーに入れ鍵をかけた。恵理は、初めての会社での仕事に期待していた。「ここで稼いでお金貯めてアパート借りて、余裕ができたら父に住所を知らせないように母に仕送りするんだ」

そう誓った。

恵理の人生最初の会社勤めが始まった。工場にはユニフォームに着替えて入るのだが、通勤には初出勤なので、母親に買ってもらった濃紺のスーツに、大好きな赤い靴を履いてビシッと決めていった。北崎から「初出勤は正装で行ったらいいよ」と聞いていたからだ。この会社はわざわざ入社式などやらない。ただし、コンプライアンスに関してだけは厚労省から厳しく指導されているので、いきなり工場の中というのではなく、別室で、この日から仕事を始める新人たちと、コンプライアンスのビデオを見させられた。恵理にとってコンプライアンスというものが仕事に何の関係があるのかチンプンカンプンだった。このビデオ視聴の最後までそれがわからなかった。

ビデオ視聴の後は、昨日の面接官とは違う人事の社員が来て入社にあたり必要な書類を配った。恵理たち新人は記入した後、食券が配布された。1食1枚提出。無料で食べられるのはかなりのメリットだ。食品工場ではよくあるインセンティブで無料だったり低価格だったりする。

さあ、いよいよ仕事だ。この工場の第一ラインのベテラン、並木が優しい目でやって来た。帽子を被ってマスクしているからよく顔はわからないが、目が笑っているので恵理は安心できた。かっぷくのいい中年の女性だ。これ以降は彼女の指揮下に入る。恵理は並木の後に続いた。工場内に入る時は、一人ひとりエアシャワー室に入った。これは食品工場はじめ医薬品工場、精密機械工場などに設置され、エアシャワーを浴びて衣類や帽子のホコリやチリを除去すると共に、ホコリの再付着を減らし、床面から吸い込んでいるエアシャワー室で落としたホコリなどを踏んで工場内に持ち込むことを減らすという効果がある。ドアが自動で開閉するため、手でドアに触れる必要がなく衛生的な装置なのだ。エアシャワー室を通過した後は手洗いして汚れや微生物を除去し、ペーパータオルで拭く。そして、靴洗浄機で靴底の汚れを取って消毒層を通過する。

「食品工場ってすごく衛生的なんだな」と感心した。並木と同じように衛生管理をしてやっとベルトコンベヤーの、恵理の今日からの持ち場に着いた。恵理はそれまでコンプライアンスや説明などで工場内には1時間ぐらい遅れて入ったので、ラインが動いている真っ最中に持ち場に着いた。並木から
「あなたは、今日、流れてくる弁当のここに卵焼きを置くのよ。それだけだからきっちりやってね」この時の並木の口調はいかにも優しかった。まだお客さんという扱いだ。一人1品、しかも簡単な卵焼き。入ったばかりの新人にやらせる作業なのだ。

「今、やってる人のをよく見てて。あのサバの隣に置くのよ」

恵理は（卵焼きだけのっければいいんだ）と安心して、簡単だと思って交代した。

恵理が実際の仕事を始めた瞬間だ。（なるほどね、これはやっぱり簡単だ）最初のうちは上手くいっていたので並木は恵理の元を離れ、自分の持ち場に戻った。つまり、指導はそれだけだ。並木は自分の持ち場で忙しいし、何しろ簡単な仕事なのでそれ以上、並木がそこにいる必要がないということだ。また一方で並木は、新人が入ってもすぐ辞めるケースがあまりにも多いので、これ以上の説明は時間の無駄だとも思っていた。

恵理は、このライン全体のことはさっぱりわからない。自分と両サイドの先輩方以外はわからないが、仕事とはこういうものだと納得しながらこの超単調作業を続けた。

恵理は、この時点でいかにここの仕事の人間関係が難しいか想像だにしていなかった。早速、ラインの隣の岸根という20代後半ぐらいの女性作業員から洗礼を受けた。岸根は前から新人いびりを陰湿にやるのだ。というか、それが生き甲斐のような人間だ。さっきの並木の笑顔のような目から、この職場の人は温かいんだと勘違いしていた。想像もつかなかった。実はこのラインの仕事ははっきりとした実力の世界なのだ。人間とはいえ弱肉強食。強い(手の早い)作業員が生き残り、弱い(手の遅い)作業員は、このラインの速度について行けずたまらず辞める訳だ。恵理は岸根と最初から合うはずがない。

ちょうど、ラインが止まった時に恵理がコミュニケーションを取ろうと思って岸根に

「先輩。この卵焼き、どうやって入れれば早くできるんですか?」と尋ねた。

「そんなこと自分で考えろよ」低音で凄みのある声で岸根が言った。実に意地悪だ。岸根は、新入りをどうやっていじめてやろうかと思っていたところへ、格好の15歳の少女がやって来たのだ。(どんどん追い込んで辞めさせてやる)というのが岸根の本音だ。教えるなんて考えてもいない。

恵理は、(仕事中は話しちゃいけないのか)とその時は思った。そして、ラインが動き始め、黙々とラインの流れに乗って卵焼きをのせようと頑張った。ところが、緊張を常に張り詰めていかなければこの仕事は持たないのだ。何しろ、息もつけない程、ラインは速く流れてくる。いかに簡単とはいえ卵焼きをのせてものせても全く気が抜けない。たまに、一つ早くのせたからといって、それが何になる。すぐ次の弁当箱が流れてくる。

ついに、恵理はラインの速度について行けず、弁当箱は卵焼きをのせられないまま隣の作業員のところへ行ってしまった。この場合は並木から「すぐにラインを止めないといけないから腰高の位置にある赤い停止ボタンを押しなさい」と習っていたので、言われた通りに押した。ラインは止まった。

すると、周りからため息が聞こえてきた。この時点でやっと恵理は停止ボタンを押しちゃいけないような空気感に気付いた。

恵理は隣に行ってしまった弁当箱に卵焼きをのせてラインを再開させた。恵理は自分に（頑張れ、頑張れ）と励まし続けた。しかしラインは速い。いくら頑張っても全く終わりがないように続々と弁当箱が流れてくる。

恵理がまた停止ボタンを押してラインを止めてしまった。すると、隣の岸根から「足引っ張ってんじゃねえよ」と、声は小さいがやはり凄みのある声で叱られた。

この弁当ラインを統括する長がやって来た。

「小川さん、焦らないでいいから一つひとつ丁寧にね」並木の上司にあたる中年男性だ。興本という。どうやらこの興本は恵理にとっての救いの主のような気がした。

興本は、中途採用で入社した。仕事は早いし、気配りができるので工場内と本社とのパイプ役のような形で時々工場内を見て歩く。

再び、ラインが動き始めた。しかし、恵理はこの速さにずっとはついて行けずまた停止ボタンを押してしまう。ついに、

「さっきから何回止めたら気が済むんだよ。さぼってんじゃねぇよ」と怒鳴られた。初めて聞く声だが恵理は意気消沈した。そのうえ、隣の岸根から
「真面目にやれ」とまた小声で怒られた。恵理は、(真面目にやれって言われても不真面目にやるはずないし、さぼるなって言われてもさぼる訳ないじゃん。何でそういうこと言うのかな?)と思っていた。と、ここのラインの理不尽さに初日なのにくじけそうになった。

そしてやっと、午前中の仕事を終え、昼休みになった。恵理はため息交じりに社員食堂へ行った。一人で昼食を食べていると、さっき、コンプライアンスのビデオを一緒に見た新人の20歳前後に見える倉沢葵という女性が近寄ってきた。

「小川さんでしたっけ?　ここいいですか?」

と、同じテーブルに座った。恵理とは別のラインのようだ。明るく元気な声で、
「小川さん、一緒に仕事頑張りましょうね。一人だけある日突然、辞めていたって
いうのはなしだよ」と励ましてきた。恵理は気落ちして食事していたところへ、自
分とは正反対のこんな明るい倉沢がきたのにおどろいた。
「小川さん、一人で何だか元気なさそう」
「私、この仕事、向いてないのかな?」
「何早速くじけてんのよ。毎日コツコツやってたら慣れるって」あまりにも前向き
な倉沢のアドバイスに恵理は少し元気が出た。
「そうか、毎日コツコツね。私、ラインの速さについて行けないから何回も止め
ちゃったけど続ければきっと速くなるんでしょうね」
「そうだよ」
恵理は、こんなにフレンドリーな倉沢が同期で良かったなと思った。

午後の作業時間になった。恵理は倉沢と別れると突然、元気を失った。また怒られるんじゃないかと思うと、何だか憂鬱な気持ちになった。午後イチは、並木の手配でいったん卵焼きを離れて、ご飯をつぐ仕事場に連れていかれた。卵焼きは隣に岸根がいる。複数のおかずを手際よくこなしている作業員だが、何しろ意地が悪い。離れてせいせいした。

ここでは、ご飯は200グラムと決まっている

並木がまた極簡単に説明した。この仕事も簡単に思えた。すぐに実践になった。ここでは並木も一人の作業員として一緒にご飯をついだ。隣の岸根がいないからせいせいしたのは良かったが、どっちみちここもラインだ。弁当箱にきっちり200グラムを入れるのは並大抵なことではない。もちろん、2~5グラムぐらいは許容範囲らしいのだが、恵理は真面目過ぎるがゆえ

「182グラム、ああ足りない。追加しよう」

「あ、206グラムだ、多い。もうちょっと取らなきゃ。取ろう」とした瞬間、あ

の優しいと思っていた並木から厳しい声で「何回やってるの！　ラインは流れてんのよ。早くしなさい」と怒られた。恵理は、並木からは怒られないようにと思っていたが、その並木からも厳しくされようとしている。何だかこのラインの中で孤立しているようだ。並木は早くも（この子使えないわ）と思ったのか、再び恵理を元いたラインに帰した。

恵理はラインをまた止めてまた怒られた。そんな中、「コロコロでーす」と言って知らない作業員が背中や後頭部にコロコロを転がしてまた次の作業員の方へ行った。このコロコロは粘着性のローラーで、抜けた髪やチリを転がして取る作業だ。この工場だけでなく食品工場には多い風景だ。いかにエアシャワーを浴びたとはいえ、時間が経つと髪の毛やチリが付きかねない。あくまでも衛生第一なのだ。そこで作業の途中でコロコロ当番を決めて作業員から作業員へと回っていくことが習慣になったのだ。恵理は何だかこのコロコロ当番のお姉さんに一瞬だが癒やされた。こんなことでもないとベルトコンベアーとの追いかけっこに気持ちが持たない。（地

道にコツコツやってて本当に早くなるんだろうか？）恵理はそんなことを思ってい
るとやっと17時が来た。恵理の持ち場に交代要員が来た。
「交代しましょう」意外と優しい男性の声だ。恵理は（ああ、やっと解放される）
と心底からホッとした。長い1日だった。
「あーやれやれ」恵理は更衣室で私服に着替えていると
「小川さーん」明るい声だ。同期の倉沢も着替えでやって来た。
「お疲れさんです」会社の挨拶を覚えたばかりの恵理が答えた。
「どう？　小川さん少しは慣れた？」
「全然慣れない、怒られてばっかり」
「今に早くなって見返してやりましょうよ」
倉沢は恵理とは逆。ラインで仕事の飲み込みが早く怒られてはいない。しかし、
この工場内でほとんど私語はないので褒められてはいない。だから、倉沢自身も、
仕事ができているかどうか多少の不安を感じていた。というか、この工場には感情

というものがないように感じていたから、他でもない同期の恵理とはじっこんでいたいと思っていた。

帰りも通勤電車だ。こういう通勤通学時間帯は特に混雑する電車だが、恵理は昼間の仕事から考えるとたいした苦痛に感じなかった。

横浜市緑区にあるこの会社からはＪＲ横浜線と京浜東北線を乗り継ぐ。

ＪＲ鶴見駅西口から石原裕次郎さんが眠る總持寺を経て坂を上ったところに北崎の住むアパートがある。陸上自衛隊を退職し現在の広告代理店に入社して丸３年経つが、趣味がスキーにスキューバダイビングと金がかかる上、競馬やキャバクラ通い。安月給なのに金が貯まるはずがない。ただ、恵理と同居していてドキッと異性を感じることもある。そうなると、キャバクラへ行ってもお気に入りのキャバ嬢が向こうを向いてあっかんべーしているような雰囲気は見え見えなのが鼻につくようになった。確かにそんなことは前から気付いていているのだ。もう、こういったキャバ嬢に金かけるのもばかばかしくなり、渋谷の行きつけのキャバクラに行くことはやめた。それより、今夜も恵理の手料理が食べられるんだと喜び勇んで帰宅した。恵理の初出勤祝いにショートケーキをおみやげに。

「ただいま」

「お帰りなさい」

「初出勤どうだった？　今日あたり、まだ研修とか教育だったかな？」

「ううん、コンプライアンスって訳わからないビデオを見させられた後は、ずっと盛り付けの仕事だった」恵理は今日はかなり疲れていたとはいえ、家賃光熱費無料で同居させてもらっているので、夕食の準備にかかった。今日１日の辛さなど口に出す娘ではなかった。食後はお祝いのショートケーキを一緒に食べて、それからはいつもと変わらない夜になった。ただし、この１ＤＫのアパートでは、いくら布団が２組あるとはいえ、同じ部屋で寝ているということで、北崎は（いつまでこういう日が続けられるのかな？）あるいは、（この娘とこんな生活を続けていていいのかな？）とか考えながら眠りについた。

翌日は作業員のローテーションが違っていた。恵理の隣は、昨日の大嫌いな岸根ではなく別の作業員が来ていた。恵理は（今日はもっと気楽に仕事できるかも？）と期待した。昨日と同じような内容の仕事を耐えながら、そして耐え抜いて帰路につく時に倉沢から声がかかった。

「小川さん、一緒に帰りましょう」

「そうですね。一緒に帰りましょう」

「ねえ、今日、夜ご飯一緒に食べに行かない？」と誘われた。沖ヶ島では父親への誹謗中傷が家族にも及び、更に、実家からも本家からも見放されて村八分にされ、友達がいなかった恵理にやっと友達といえる存在ができたような気がした。小学校低学年以来だ。嬉しかった。

「横浜駅西口の山友屋へ行こうよ。あそこの豚バラ大根煮定食、美味しいよ」

「へえー。山友屋も豚バラ大根煮定食も知らないけど美味しそうね。でも、私、うちに帰って夜ご飯作らなきゃ」

「小川さん、ご家族と一緒じゃないの？　一人暮らしだったら今日ぐらい付き合ってよ。」

「一人暮らしじゃないのよ」

「えーっ？　同棲中なの？　それとも結婚してるの？」

「同棲って何？」

「そんなことも知らないの？　うわー、うぶなんだなー。結婚していない男女が一緒に住むことよ」

「あ、私そうなんです」

「ありゃ、私より大人じゃん。恐れ入りました」

「そんなことないけど」

「同棲かー。いいな、してみたいなー。私、今付き合ってる彼氏がいるんだけど同棲まではいかないのよねー。私の親が厳しくて。良かったら今度、ダブルデートしようよ」

「あ、ダブルデートなんて。確かに一緒に住んでるけど、あの人とは恋愛関係じゃないんですよ」

「へー。おもしろい話ね。それじゃあ今夜はその話聞かせて。たまには外食したっていいでしょう？」

「あ。じゃ、そうしちゃおうかな。メールしとけばいいもんね」

「じゃ、決まった」

「私ね、外食ってほとんどしたことないの。沖ヶ島に食堂はないのよ。たまに、八丈島へ行った時と修学旅行ぐらいね」

「えっ？　沖ヶ島ってどこ？」八丈島は知っていても沖ヶ島や青ヶ島を知らない人は多い。

「うわー。やっぱり知らないんですね。えーとね、八丈島から南東に95キロメートルぐらい行ったところ。絶海の孤島っていわれてるんですよ」

「八丈島でさえ聞いたことしかないから遠いね。飛行機でこっちに来たの？」

「沖ヶ島に飛行場がないんですよ。あるのは港とヘリポートだけです。だから八丈島までフェリーで行って、八丈島から大型客船で来たんです」

「ヘリポートだったらヘリコプターに乗らなかったの？」

「ヘリコプターは不定期運航なんです。あとは急病人が出たときとか。ただし、気象条件にもよるから欠航になることもあるんです」

「うわー。私には無理。住めない。悪いけど暮らせない」

「私は、その島で生まれて育ったからそれが普通のことで、あまり不自由とは思わなかった」

「あ、着いた。このビルの2階よ。定食のチェーン店なのよ」

「楽しみだな」

「じゃあ、同じの食べましょう。私のイチオシ」

「本土の料理は何を食べても美味しいね」

「えっ？　島なんでしょう？　海の幸が豊富でいっぱいごちそうがありそうだけど」

「なんかね、海の幸って私が小さい時からお父さんがいろんな魚を釣ってきてたから普通なんです。それより、本土のは料理の種類がいっぱいあるから何食べようか迷っちゃうんです」

こうして恵理に、ずいぶん久し振りに友達ができた。楽しい夕食となった。


さて、恵理は仕事3日目。そろそろ少しぐらいは慣れてもいいが、初日、2日目と怒られてばかりなので、ユニフォームを見た途端くじけそうになった。着替えた後、エアシャワーなど一連の衛生管理を済ましていつもの戦場である工場内に入った。そして自分の持ち場に歩いて行くと、あの嫌な岸根が既に働いていた。恵理とは勤務時間のローテーションが違うのだ。（今日も怒られるのか）と思いながら自分の前のローテーションの作業員と交代した。

「おはようございます」と、恵理は周りの作業員に挨拶した。隣の岸根は黙ったまま顔も向けなかった。恵理は（またシカトかよ）と、うんざりした。そして、仕事が始まった。

また追い付けない。周りから「またか」と怒られた。岸根からは「何、さぼってんだよ」と低い声で罵られる。

恵理は性格が几帳面過ぎて卵焼きの置く位置が悪いと2度置きすることがある。これが一番の問題なのだ。確かに手が遅いのもあるがどうしても置く位置にこだわってしまう。そんなことをやっているうち、もう次の弁当箱が来てしまい追い付かなくてスルーしてしまい、たまらず停止ボタンを押してしまう。そして怒られる。隣の岸根から罵られる。単純作業の繰り返しで時間がなかなか経たない。

終わりが見えない。そしてまたラインを止めてしまった。

「お前はバカか。使えない奴だ。辞めろ辞めろ」と、また岸根から罵られた。

しかし、この時、（そのうち慣れるでしょう）と長い目で見てあげようと考えていた並木がついに決断した。恵理のところへやって来た。しばらく恵理の仕事ぶりを見ていたが恵理はずっと見られていることにプレッシャーを感じ、また卵焼きを乗せられなくてスルーしてしまいラインを止めた。

「あなた、このラインの仕事に向いてないから別の部署に変わりなさい。そのうち慣れるかと思って見てたけどそうじゃないようね。12時までここのラインでやってください。そうしたら、午後から別の仕事をしてもらうことにするから」強い口調だった。

「はい」恵理はこのラインの仕事から抜けられると思って心の中で（ラッキー）とガッツポーズをした。

「午後からの仕事場は事務所の興本さんに聞いてください」

どうやら、並木は昼休み時間に興本と恵理の配置をめぐって相談してくれるようだ。

「小川さんでしたっけ？　あの子ラインの仕事に使えません。うちにいても迷惑ばかりかけているから。他の部署に配置換えしてください」

「わかりました。それじゃあ、人事部に言って今、人出が足らない部署に配置転換してもらいます」

「よろしくお願いします」

人事部から、恵理は調味料室に配置換えという指示が興本に出されたので、休憩時間が終わると恵理は興本に呼ばれた。

「小川さん、午後から調味料室に行ってください。仕事の内容は、行ってから教えてもらって。今度はラインじゃないから止める心配はしなくていいからね」恵理には興本が救いの神のように思えた。「止める心配がない」という言葉を聞いて期待した。（今度はラインじゃない。あせらなくていいんだ）といい方に思い込んだ。

恵理は調味料室に入った。既に話は聞いているので、指導を任された村上という中年の女性パート作業員がいた。

「小川さん、こんにちは。15歳なんだってね。若いのによく頑張っているわね。この仕事は今から教えるからよく覚えてね」

「よろしくお願いします」恵理は調味料室にベルトコンベアーがないのを確認すると安心した。この部屋では、工場の各ラインから注文を受けて必要な調味料を調合して配るという仕事をすることになる。

村上は今までのライン工とは全く違う。ラインの仕事はその特質上、黙々と仕事を続けないといけないのでコミュニケーションする暇がなかった。そこへいくと村上は血の通った人間のように思えた。教え方も丁寧だし、何しろ、あの岸根のような陰湿さはない。

いじめはないようだ。ただし、あくまでも村上はパートである。今日はたまたま、この調味料室の長である芝池が、シフト制をしくこの工場では休みの日にあたり不在である。恵理はラインの仕事とは違い今度は手際よく仕事できそうな気がした。

そろそろ、恵理の作業終了時間の17時になる。その時、村上が言った。

「今日はね、ここの責任者がシフトで休みの日なのね。あの人は口うるさいから気を付けてね」一応、釘を刺した。

この一言が、この時の恵理にはたいした話には思えなかった。ただ、帰りの通勤電車の中で少しは気にした。

「口うるさいってどれぐらいなんだろう？　あまり口うるさい人だったら嫌だな」この時はその程度にしか思わなかった。それより、翌日が休みなので「あー、明日は家でゆっくりしよう」と、解放感から不安は吹っ飛んだ。


さて、翌日は北崎のために朝食を作ったら二度寝した。ゆっくりした時間を過ごした。午前のうちは。ところが、午後になったら、「口うるさい人」っていうのが頭に浮かぶようになった。そして夕食時にもなると今までの短いとはいえ仕事の失敗体験から、更に気になった。よく言われるサザエさん症候群だ。サザエさん症候群とは、明日から始まる仕事を思って、日曜の夕方から憂鬱な気分になることだ。多くの地域でサザエさんが日曜の夜に放映されるため、こう名付けられた。明日の仕事を考えるとやや憂鬱になった。

しかし、恵理は一人じゃない。北崎が仕事から帰って来たらジョークを飛ばす。おやじギャグが多いんだが、恵理は嫌いではない。聞き役に徹していると嫌なことは忘れられた。

まったく、野口といい、北崎といい、いい人に恵まれたなと感謝したい気持ちであった。

さて、調味料室に配置換えになって最初の日になった。ラインではない。しかし、食品工場だ。クリーンルームに入ってエアシャワーなど一連の衛生管理をして部屋に入った。恵理は、今度の仕事場では好かれたいと思い、元気にあいさつした。

「おはようございます」

「小川さんですか？　おはようございます」おそらくうるさい男と聞いている芝池らしい作業員が言った。更に彼が続けた。

「若いね。ここはおばさんしかいないからかわいい娘で良かったよ。あはははは」

なんと、噂と違って実にフレンドリーではないか。笑い声なんてこの会社では初めてのように思った。

「芝池さんですか？　よろしくお願いします」

この笑い声からすると悪い人ではないと直感した。始業開始時間までは、この芝池は若くてかわいい恵理に夢中で話しかけていた。若い女性が大好きなのだ。恵理は（この人とうまくやれそう）と思っていた。何しろいくらでも話してくる。

そして8時がきた。操業時間が始まった。

恵理はいい感じで仕事した。ただし、ここでも恵理は、神経質なぐらい几帳面な性格のために調味料の配合で手間取った。

もたもたする恵理を見ているうち、ついに芝池の本性が出た。

「何やってんの！」強烈に厳しい口調だ。この口調。そう、恵理の父親もこのようなエキセントリックな怒り方をしてきたからびくっとした。「何やってんの！」は芝池の口癖だ。まだ25歳と若い。ただし、中卒でこの会社に入社したのでこの会社での経験はそれなりに長い。入社後はラインの仕事をしていた。その後、いろんな部署に回されたがどこへ行っても仕事が早い。できる。利益至上型のこの会社にピッタリな人材だ。しかし、難がある。仕事が早いので遅い人の気持ちがわからない。全くわかろうとしない。遅い人は遅いなりにその人のやり方というものがある。そして、その人には生活というものがある。

しかし、仕事の遅い人にはくそみそに言う。仕事で怒られたことがないから怒られる人の気持ちがわからない。自分の罵声で怒られた人の人格まで否定してどこまでも言葉の暴力で追い詰めてしまう。

例の「何やってんの！」で攻めてくる。「何やってんだ！」よりは柔らかい言い方なのだが、周りに年上の作業員が多かったので、若い芝池にはぎりぎりの譲歩である。そして、「○○さん」と、さん付け。これもぎりぎりの譲歩。そこまで譲歩しているんだからきつく言わせろとでもいうような剣幕で怒るのだ。この男、利益至上主義のこの会社になくてはならない存在である。何をやっても想像を遥かに上回る仕事っぷりなのだ。

そのため、周りの作業員も押し黙ってしまう。

その結果、この調味料室のリーダーに抜擢されたのだ。この調味料室は24時間勤務ではないので3交代ではないが、シフトがあるため、この芝池の他にもリーダーがいる。40代の平沢という者だ。彼は中途採用でこの会社に入ったが、芝池よりはベテランだ。しかし、芝池と違って仕事で結果を出せない。芝池は周りの作業員を恐怖政治のように支配し、今まで各ラインへの調味料の配送を遅らせたことがない。会社にしてみれば実に信頼できる社員なのだ。ただし、なにしろ威張り散らすので、他の作業員からは嫌われている。しかし、芝池からすると、いかに嫌われようが、配送は時間を絶対守るという成果への自己満足の方がずっと上回るのである。人から好かれようとも思わないのがこの芝池の人柄を物語っている。

　恵理は、やはり、几帳面過ぎる性格が災いして、この調味料室でも仕事が遅い。仕事が始まる前まであんなに話が弾んでいた芝池からまた「何やってんの！」と怒られる。芝池はびっくりするぐらいよく怒る。一日に何十回も鼻の穴を膨らませて怒りまくる。決められた時間内に調味料の配送を終わらせたい。そのことが芝池のモチベーションというか、全てであった。だから、いくらかわいい娘ちゃんが相手でもいくら15歳の新人であっても全く関係ない。いや、かわいい娘ちゃんなだけに、仕事が遅いというギャップに、よけいに腹をたてているのだ。恵理に容赦なく怒り飛ばした。そして威張り散らした。この日も異状なくノルマを果たした。調味料室は芝池が出勤する日は会社として安泰だ。逆に平沢の日は調味料の配送を遅延させたりと、人間性はいいのだが、会社の人間としては問題のある社員と睨まれている。

　恵理はどこへ行っても自分は仕事ができない人というようように感じてきた。叩かれたりはしないが、ずっと言葉の暴力の渦巻く中で働いた。

それでも、耐えて耐えて今日の終業時間になった。恵理は1秒でも早くこの仕事場を出たかった。

ロッカー室で同期の倉沢と一緒になった。

「お疲れ様です」倉沢が先に声をかけた。すぐに、

「お疲れ様です」と恵理は答えた。

「仕事どう？　ラインが早くて苦労してるみたいね」

「あ、私、ラインはクビになったんです」

「えっ？　クビ？　何で？」

「ラインからは外されたけど別の調味料室というところで働いてます」

「ああ、辞めるっていう話じゃないのね。良かった」

「倉沢さんから、相談もなくある日突然辞めましたっていうのはなしよ、って言われてるもんね」

「そうだよー」

「倉沢さんはすごいですね。ライン止めたことないんでしょう?」

「ないよ。私、今の仕事向いてるのかもね」

「いいなあ。仕事できて」

「新しい、その調味料室はどう?　上手くやれそう?」

「そこでも怒られてばかり」

「そうなの。相談に乗るよ」

「ありがとう。私、友達って倉沢さんだけだから。助かります」

「あ〜ら?　あなたには同棲している彼氏さんがいるじゃないの」

「まあね」恵理はこの同棲の意味を勘違いしている。だから、この件については話が噛み合っていない。

　そして、同期の二人は励まし合ってというより、一方的に恵理が励まされて帰路についた。

この同期との約束。そしてアパートには北崎がいる。いい出会いだ。夜は、北崎の方がだいたい後に帰宅するので、それまで夕飯の支度をしている。恵理にとっては北崎に仕事の愚痴は話したことはないが、いてくれるだけで仕事の辛さは忘れさせてくれる。僅か1DKの24平方メートルの狭い部屋だが、この部屋で二人暮らしは非常にありがたかった。家賃、光熱費は北崎が払ってくれて食費が折半なだけなので十分やっていける。この先、給料もらったら貯金ができる。一人暮らしのためのアパートの初期費用が早いうちに貯められそうだ。実家は船のローンがまだ残っているらしいことは知っていた。実家に仕送りもできる。給料の使い道がはっきりしたので仕事にも刺激になり、芝池が口やかましいがへこたれずに続けようと決心した。

さて、相変わらず芝池に怒られっぱなしだが、恵理は調味料室の仕事にだんだん慣れてきた。芝池は仕事中はびっくりするぐらいよく怒るが、休憩時間にはある程度しゃべりかけてくる。やはり、恵理がかわいいからだ。仕事中は「何やってんの！」が口癖だが、仕事以外の時間では、「俺、若いから」をよく使った。四六時中怒るが、たまに世間話をしてくる。それだけが救いだった。

そんな生活が続いていった。恵理は我慢して仕事を続けた。野口に言われたように、「3日・3か月・3年」のうち、3日・3か月がクリアできたので「次は3年目指して頑張ろう」という段階に入った。

7月である。夏である。北崎は夏はスキューバダイビング、冬はスキーと、アウトドアスポーツが好きだ。アパートの近くにあるラギュースというダイビングスクールでアドバンスドオープンウォーターダイバーのライセンスを取得したので、この季節は、このラギュースの企画するダイビングツアーで出かける予定だ。今年の夏休みは、沖縄の離島、座間味島へ行こうと思っている。水中カメラマンの中村郁夫をして「世界一美しいサンゴ礁の海だ」と言わしめた抜群にきれいな海だ。4

泊5日6ダイブ（ボートダイブ）ツアーに予約していた。ただし、今は恵理と住んでいる。一人だけ沖縄に行くのもかわいそうなので、江ノ島の片瀬東浜海水浴場で水上バイクをレンタルしているのは知っている。後部座席に乗せてあげようと思った。20分で6000円と高いが、水着の恵理を乗せると思うと自然に顔がほころんだ。

さて、恵理は仕事を終えてアパートに帰った。すると、北崎の方が珍しく先に帰っていた。

「小川さん、今度、お互い休みが合った日に江ノ島へ行こうよ」

「江ノ島。行きたーい」

「水上バイクに乗せたげる」

「あれって免許がいるんでしょう?」

「俺は2級小型船舶免許持ってるんだよ」

「そうなの。乗りたーい」

「じゃあ決まった」

「嬉しい。北崎さん、いろんなことができるのね」

「俺、アウトドア大好きだから」

「じゃ、水着買わなくちゃ」恵理は無邪気に言った。北崎は待ってましたとばかりに
「水着水着」いきなりハイテンションになった。恵理は北崎が何故、ハイテンションになったのか不思議だった。

数日後、恵理が「水着を買ってきた」と言った。北崎はビキニを期待したが、残念ながら結局、恵理が買ってきたのは、色はカラフルだが、形状はスクール水着にフリルを付けたようなワンピース水着だった。北崎は（うわーフリル。そんなんいりませんから）と思った。

そして、楽しい休日が始まった。北崎は江ノ島の片瀬東浜海水浴場で水上バイクをレンタルした。後部座席に恵理を乗っけて始動した。一気にフルスロットルで江

ノ島沖まで走らせると次は高速ターンを決めた。

「キャー」恵理はそのスピードとスリルに思わず声を上げた。恵理の両腕は北崎の背中をしっかりホールドして、恵理の胸が北崎の背中を刺激する。（これこれ！水上バイクに女子を乗せて、キャーなんて超楽しー！）何度も高速ターンで恵理の心を奪った。想像以上に盛り上がり、あっという間の20分であった。時間がきたので水上バイクを返した。

「あーおもしろかった」

「喜んでくれて良かったよ」

「あんなに飛ばすとは思わなかった。ターンのところは超おもしろかったよ」

「だろう？」

「振り落とされると思ってもう、ひやひやしたよ。やっと北崎さんの背中、掴んでたもの」

「よく沈しなかったな」

「チンって？」

「海に落ちることだよ」

「えー、怖い」

「それはそれで楽しいんだよ。見てごらんあのバナナボート」北崎はこの海水浴場のアクティビティでお客さんを乗せたバナナボートを指差した。

「あ、あのバナナの形したやつ？」

「そう、今に見てごらん。みんな海にザブーンて振り落とされるから」

「えー、あんな沖の方で海に落ちて大喜びなの？」

「大丈夫、大丈夫。そこがこのバナナボートの醍醐味。あの水上バイクに曳航されたバナナボートが縦に横にアクロバティックな動きが楽しめるんだから。ほら、ターンだ」

「あ、危なーい」

「ほら落ちた。操縦手は落とそうとしてるんだよ。そのスリルが一番楽しいところ。

みんな落ちてもライフジャケット着ているから」

「ほんとだ。楽しそーう」

「ほら、海に落ちた人見てごらん。ああやってバナナボートに乗るんだよ」

「私も乗りたーい」

恵理はバナナボートを楽しんだ。そして海の家の北崎の元へ帰ってきた。

「あー、おもしろかった。2回落ちたけど、あれが一番楽しかった。ほんと、醍醐味ね」

「女の子のキャーっていう歓声聞くとね、かなり盛り上がってるのがよくわかるよ」

「知らない人たちと乗ったんだけど、みんなして乗ってみんなして落ちてみんなして上がったの。なんか、ちょっとの間だけだったけどみんな仲間みたいだった。」

「良かったね。そうだ、昼ご飯食べよう」

「うん」

「じゃ、カレーだね。海の家で食べるカレーライスってなんか知らないんだけど美味いんだぜ」

「わー、私、カレーライス大好き」

「知ってるよ。初めて会った浜松町でも言ってたじゃん」

「あー、そうね。もうあれから4か月も経ったんだね」

二人は「海の家のカレー」でまたしても盛り上がった。

「ビーチチェア借りるから午後からは海で焼こう。あ、今は女性は焼かないんだもんな。美白でしょう」

「ううん、私も焼きたい。沖ヶ島は周りが断崖絶壁だから海水浴場はないけど港の防波堤の内側では泳げるの。だから、小さい頃から夏は海で泳いで真っ黒だったんだから」

「じゃ、日焼け止めじゃなくて昔ながらのサンオイル塗ろう。塗りっこしようぜ」

北崎は恵理を楽しませて得意の絶頂だ。

「ちょっと、泳ぎに行こうか？」

「私ね、島の防波堤の内側しか泳いだことがないから、こんな広い海水浴場で泳ぐのが夢だったの。ただ、海汚いね。全然濁ってて何も見えないんだもん。びっくりしちゃった」

「きれいなんだろうな。沖ヶ島の海。俺もダイビングやってるからよくわかるよ。ここは透明度ゼロ。沖ヶ島は透明度どのくらい？」

「防波堤の内側はそれほどでもないけど、防波堤から外海を見たらみんな、透明度30メートル以上だって言ってる」

「そうだろうな。伊豆七島でいうと、神津島がそうだね。八丈島のナズマドもそうだよ」

「八丈島きれいよね」

「実は、俺はまだ八丈島には行ったことないんだけど、ダイビング仲間が、『八丈ブルー』って形容される吸い込まれそうなマリンブルーの海があるそうだよ。コンディションが良い時には、透明度50メートルという他の海では考えられない驚異の透明度を誇るそうだよ」

「八丈島ってそんなに有名なんだね」

「潜っている時、まるで空を飛んでいるようだってよ」

「沖ヶ島もね、船で出ると防波堤を出たらめっちゃきれいよ。ただね、防波堤の外側は遊泳禁止なの。断崖絶壁だから危ないって。でもね、折角周りを海に囲まれているのに泳げないのは島民にとってつまんないでしょ。だからせめて波があまり立たない防波堤の内側で夏のシーズンを本土並みに楽しんでもらおうって村役場の決定があったのよ。ただし、船の出入りにはお互い気を付けるようにって。娯楽が少ない孤島でもレジャーは必要だから船会社と漁師と折り合いを付けてくれたから私なんかも夏になるといっつも海ね」

二人は海に入った。北崎はいきなり恵理にドロップキックをかました。

「そうそう。その調子。島でもそうやって遊んだの」二人とも楽しくてしょうがない。北崎は更に、バックドロップを見舞った。北崎も子供の頃から海に行くとこの水中プロレスで遊んでいたものでボディスラムと技のデパートぶりを恵理に見せ付けた。

「チョー楽しいね」

「俺の技、さえてるだろう」

青天の空の下、二人はこの夏を満喫した。


とても楽しい夏の思い出ができた。しかしやはり夜になると恵理は（また明日、うるさい芝池の下で働かなきゃいけない）と思うと憂鬱になった。

そして翌日、芝池からまた怒涛の如く怒られていたが、昼休み時間、昼食を食べていたらなんと、芝池が隣に座った。

「小川さん次のシフトの休みはいつ？」

「今週は木曜日です」

「よし、決まった。俺も木曜日に有給取るから一緒に海見に行こうぜ」

恵理は全くあの、びっくりするぐらいよく怒る芝池からそんな言葉が出るなんて想像だにしなかったので何て言ったらいいかわからないので悩んだ。とにかく折角の休みの日にこの男と会うなんて絶対に嫌なのだが、何て言って断ればいいか考えた。

「どうしたの？　俺が嫌なの？」断り方がわからないので黙ってしまったから芝池はどんどん追い込んでくる。しかも、「俺が嫌いなのか？」と言われたような感じがして、ここで断ったら芝池のことを嫌いって言っているようなものだと思い、これからの仕事のことを考えたら断れなかった。結局、芝池からの矢継ぎ早に出てくる催促にへこたれて
「はい、行きます」と返事をしてしまった。

芝池は「俺の車でアパートに迎えに行くよ」

と、前に前に話が進んでいく。（どこかで断らなくちゃ）と思いつつ、北崎には知られたくない。ただその一心で木曜日はアパートじゃなくて東戸塚駅前ということ

で芝池と待ち合わせてからとドライブするということで苦渋の選択をした。

木曜日、東戸塚の駅の改札口で待ち合わせた。芝池はもう来ていた。

「おはよう」

「おはようございます」恵理は芝池って職場では何だかおじんくさいと思っていたが想像に反して若いいでたちでびっくりした。

「行こうよ」

「はい、よろしくお願いします」

「あれがおれの車、セルシオ。カッコいいだろう？　人気車種なんだぜ」

恵理が見ると車高がやけに低くてフルスモークだ。車のことはほとんど知らない恵理が見ても、何だか怖いなと感じさせるフォルムだ。

いわゆる「ヤン車」ヤンキーが乗っている車だ。ホイールがやけにギラギラしている。セルシオ自体はかなりアップグレードの高級セダンなんだが、芝池のそれは型落ちでしかもカスタマイズされてある。

「出発」芝池は最初のうちはおとなしく運転していた。しかし、自動車専用道路の横浜横須賀道路に入ったらすぐにどんどん加速。高速車線の前の車に一気に近づいた。恵理はこのまま前の車にぶつかると思って固まった。足を踏ん張った。心の中では（危なーい）と悲鳴をあげていた。まさに前の車とテールトゥノーズ。接触かと思われたその瞬間、前の車は低速帯に回避した。そこまで追いつかれるまで車線変更しなかったのは左に車が並走していたので逃げるに逃げられなかったからだ。そうだ、まさにあおり運転だ。高速車線を我が物顔で「えーい、どけどけ」と前の車を強引に車線変更させ、それをずっと続けた。これはたまらない。恵理はずっと固まったままだ。（もういや。この車から逃げたい）とひたすら願っていた。

芝池は、自分自身を過大評価している。あまりにも人より早く仕事ができるので日常でもその考え方が基本になっており、何でもかんでも早い人が優れている人と思い込んだ。自分より劣るものには容赦はしない。弱者の気持ちなんか考えることがないので車の運転でもそう。早い人は遅く運転する人を見下し、どかしてどんどん前にかっ飛ばすのだ。しかし、あおられた方はたまらない。どけないとぶつかる。命に関わることなのでどけざるを得ない。ただし、我々は人間だ。弱肉強食という自然界の掟とは違う。人間には倫理観や道徳がある。あおり運転については悪質な事故がクローズアップされて以来、厳しく罰せられるようになったが、人間の社会はできる者だけではない。逆にいえば、できない人がいるからできる人が目立つのだ。成熟した社会を作り上げている現在では人は助け合って生きるものだ。強者は弱者に対して思いやりを持たなくてはいけない。ある状況においては強者と弱者が逆転する場合もあるのだ。

あおられたドライバーや同乗者は危険にさらされドライブが興ざめになるし、度を超すと生死に関わる行為だ。是非ともこのようなエゴイストを撲滅させてほしいものだ。

恵理は助手席でしょっちゅう芝池があおって急接近を繰り返したので、ただでさえ嫌いな上司なのに、仕事オフの日も付き合わされて怖い思いをさせられて辟易していた。（できるならここで降ろして）と願うばかりの最低の休日になった。ただ、芝池は恵理をラブホテルなどに誘うことはしなかった。実は、芝池は女好きだが体の関係には奥手だったのだ。

恵理は、恐怖のドライブから命からがら解放され、やっとアパートに帰った。今日は北崎は仕事で不在だ。芝池のことで今後どうすればいいか相談しようと思ったが、北崎には一緒に住まわせてもらってお世話になりっぱなしなので、あまりえぐい話はやめておいた。

翌日、工場の休憩時間、恵理は同期の倉沢に相談した。倉沢は少し年上の頼れるお姉さんのような存在である。

「今の調味料室の上司から昨日の休みの日にドライブに誘われたんです」

「恵理ちゃんってやるわね。ひょっとして例のびっくりするぐらいよく怒る人のことかな」

「そう、その怒る人」

「そんな人とドライブしたの？　何で断らなかったの？」

「あまりにしつこく誘われたんで断れなかったんです」

「そんなんじゃ、楽しくなかったでしょ？」

「全然、楽しくなかった。あの人、車でずっと横横道路、あおり運転続けたの。すごい怖かった」

「あおり運転って今、厳しく取り締まられているじゃない。そんな運転する人は、次回誘われたら絶対断るんだよ」

「はい。ただし、次回断ったら、仕事でもっと怒られそうでそれが心配なんです」

「そんな上司のいる職場なんて辞めちゃえ。初仕事の日、突然知らないうちに辞めてたっていうのはなしよ、って言ったけど、突然じゃないし、それって緊急事態よ。その上司のことチクっちゃえばいいんだよ」

「そんなこと言えない」

「会社の上部の人たちに暴露して懲らしめてもらうのよ」

「チクっちゃうと仕返しされそうでよけい怖い」

「そうか、しつこい男みたいね。何でも言えばいいっていうもんじゃないんだな」

「調味料室にいられなくなりそう」

「わかった。辞めちゃえ。会社を辞めちゃえ。恵理ちゃん若いんだからさ。もうさ、いくらでも仕事あるから」

「そうですね。辞めればあの怒る人と関わらなくていいんだもんね」

「そうよ」

「今日、仕事終わったら事務所行って『今日で会社辞めます』って言ってくる」

「辞めても私達、友達よ。メールしてね」

「はい」恵理は午後からも芝池に怒られっぱなしだったが、（今日で終わり）のつもりでいたから（早く終業時間来い）と念じているうち本日の終業時間になった。

恵理は、調味料室に別れを告げたつもりで事務室を覗いた。どの人に話せばいい

かわからないので、とりあえず、大きい声で
「すいません。今日で会社辞めます」事務所内の社員は顔を見合わせた。すると、そのうちの一人から
「今、担当者が不在なのでそこのソファに座って待ってて」と言われたので（何だ、すぐに辞められないのか）と気落ちしていたら、そこに面接官だった小森が戻ってきた。恵理はその顔を見ると思い出して言った。

「あの、相談があるんですけど」

「どうした？」小森は実はもう恵理と面接したことすら忘れていた。

「私、やっていく自信がないので今日で会社辞めます」

「ちょっと待ってくれ。いきなり言われてもな」

「ラインは止めまくるし、調味料室では怒られてばかり。もうできません」

「ちょっと待ってくれな。辞めるのはいつでもできる。あの芝池君にかなり手厳しく言われたんだろう？」

会社は芝池の仕事っぷりを高評価しているが、欠点は聞いていて知っている。辞める人から理由を聞くと芝池からの誹謗中傷が原因であることが多いからだ。しかしながら、間違いなく配送時間を厳守できる能力は高く評価されている。その名声は社長まで届いていて社長の覚えめでたい優秀な社員であることは間違いない。会社的には芝池の長所と短所を上手く折り合いをつけるように言われている。しかし、小森は恵理の申し出をすぐに受理することはしない。それは厨房機器など、洗い物の洗浄という部署に突然の退職者が出て困っていることを、人事部の小森は知っていたから、恵理をなだめるように言った。

「小川さん、それじゃあ、洗い場の仕事があるからやってみないかい？」

そうは言われても、恵理は今までこの会社での失敗体験から、（ここの会社の仕事は何をやってもできそうに思えないのでまた仕事探そう）と思っていたからモチベーションが下がりまくっていたので

「辞めます」１回決めたことは人の意見ぐらいでそうそう変わるもんじゃないのだ

が、

「やってみなきゃわからないよ。あそこは人間関係は難しくないから」

「もう、怒られるのは嫌です」恵理にはどこへ行っても口うるさい人がどうせいるんだと目に見えるようだった。

「ああ、ちょっと、洗い場に一緒に行ってみよう」今まで、雇う前に実際の仕事場を見せなかったから長続きしないんだと悟った小森は、現場を見せた上で説得しようと考えた。

それでダメなら、またいつものように求人募集すればいいんだぐらいの軽い気持ちで恵理を連れていった。

洗い場の従業員は黙々と働いている。しばらく仕事の様子を見ていた。隣に岸根のような意地悪がべったりいる訳ではないし、芝池のような口うるさい人も見当たらない。

この会社には気の置けない同期の友達である倉沢がいるんだし、アパートには北崎が何だか、ふと「辞めないで」と言ってくれているような気がして「わかりました。私、洗い場やります」と決心して言った。

「そう、良かったよ。それじゃあ、洗い場の責任者に今から話すからついて来て」

小森にすれば、まだ15歳のお嬢ちゃんだ。また、気が変わって辞めるって言い出すかなと不安はあったが、当座の一時しのぎになったかと思い、やれやれという気持ちだった。洗い場の責任者、遠藤と話をした上で、配置換えになった。

遠藤は恵理に、ひと通りこの職場のルーティーンなどを簡単に説明した。恵理は、今度こそできそうな気がした。

恵理にとっての洗浄作業の日々が始まった。

洗浄作業は力仕事だ。更に真夏だ。いかに工場内が冷房完備とはいえ暑い。しかし、恵理は沖ヶ島では実家の畑仕事をよく手伝っていたのでこれぐらいではめげなかった。仕事は黙々と働けば口うるさい人はいない。恵理にはそれだけでこの職場は天国だった。

恵理は洗浄作業が楽しいとさえ思えて日々の仕事を続けた。そして、秋がきて更に、年を越した。恵理は16歳になった。恵理は、北崎との同居生活も続けていた。当初、アパートの初期費用が貯まるまでと思っていたが、実家に仕送りができることから新年になってもこの形を続けていた。恵理は人間関係の煩わしさのない洗浄作業が慣れてきたし、北崎も北崎で、かわいい恵理と暮らせるうえ、炊事もしてもらえるので、しばらくの間と思っていたがこの同居生活の終焉は頭から薄れていった。

第三章

冬の夜

北崎はもっともっと恵理を喜ばせたいからこの冬はスキーに誘うことにした。そんな1月のある日のことだった。恵理はいつものように夕食を作っていた。

「ただいま」

「お帰りなさい。夜ご飯できてるよ」

北崎は昭和のテレビの黎明期の人気番組『ジャパンホリデー』のコントで答えた。

「いつもすまないね〜」北崎は古いギャグが好きだ。すると、

「それは言わない約束でしょ」と恵理が更にコントで答える。これは前に北崎から言わされたのだが、この会話がいつもの二人のやり取りになっていた。北崎は例のスキーの計画をしゃべり始めた。

「恵理ちゃん、今度休みが合った日にスキーに行こうよ」もう、この頃は「恵理ちゃ

ん」と呼んでいる。

「えー、私、スキーやったことないし」沖ヶ島は雪が積もったことがない。ただし、暖かい島だが、沖縄や小笠原諸島よりは北にあり雪はちらつくことはある。

「大丈夫、俺が教えてあげるよ。1日でボーゲンができるようにしてあげる」

「ボーゲンってアイスクリーム？」

「それは……すっかりこの子はギャグができるようになったね」

「いやー、それほどでも～」

「それはタマネギ坊ややないかい」

「てへっ」

「ボーゲンっていうスキーの滑り方だよ。今度スキー場で教えるよ」北崎はＳＡＪのスキー検定で2級保持者だ。今度、1級を受験しようと思っているから初心者に教えるぐらいの技量は持っている。

「私ね、次の日曜日だったら28日に行けそう。でも、スキーの道具持ってないし」

「それも大丈夫。スキー場でスキー用具もスキーウェアもレンタルできるから」

「ほんとに。じゃあ、教えてください」

「決まった。今月の28日ね。車で行こう。今、中古車買おうと思ってるんだ」

恵理にしてみれば２０２２年、北京で冬季に開催された国際競技大会を見て（スノーボード、カッコいい）と思っていた。しかし、あの当時は、島内に就職するつもりでいたから自分には縁のないスポーツだなと思っていた。しかし、その後の父親から受けた性的ＤＶによって、去年の４月初め、本土に逃げてきたので状況が変わっている。どうせやるならスノーボードがやりたい気持ちだったが、北崎がスキーというので、それならそれでいいと思った。ちなみに北崎は子供の頃から家族でよくスキーに行った。両親の趣味がスキーだったからだ。八王子というと山梨県や長野県のスキー場に近かったので車で行っていた。子供の頃からやっているので上達は早かった。更に、陸上自衛隊で札幌の駐屯地にいたのでスキー訓練のうえ、プライベートでもリゾートスキーに行っているから「任せなさい」と、得意なスポーツであった。自衛隊退職後、横浜に住むようになってから友人がスノーボードをやっていたので1回借りて滑ったがその時にストックがないので前に転ぶとバチンと雪面に顔を強打して痛い思いをしてからはスキーだけやっている。

「車で行けるんだね。楽しみにしてます」

「ようし、それじゃあ中古車、本格的に探そう」

北崎は、中古車販売店を数軒、見て回って決めようと思っていた。二人だから軽でいいというか、もともと貯金がないので軽に決めていた。まず、ルーネットという中古車販売店でオオゴシのラフォンが目に入った。2006年式、走行距離が8・9万キロメートル。車検まであと1年ぐらいある。スキー場までの行き帰り、軽の四駆であるが、荷物もたくさん積める。一目惚れして即決した。店員にしてみれば、客から即決してくれたのでこんな楽な客はいない。喜んで応対してくれ、24回払いのローンを組んでサインした。駐車場はまだ決めていない。アパートの近くの路上に少々広いスペースがある。そこに駐車した。北崎は車のローンでまた家計が苦しくなったが、恵理とのスキーツアーを夢見ていたので、そっちの期待の方が上回っていた。

そして待望のスキーツアー当日がやって来た。タイヤはスタッドレスを買いたかったが予算の都合上、ノーマルタイヤでスタートして雪道になったらチェーンをはかせることにしている。

「恵理ちゃん、見てごらん。ピーカンだよ。俺たちのスキーツアーを祝ってくれてるようだよ」

「ほんと、雲一つない晴天ね」

「スキー場も検索したら晴れだそうだ。楽しい1日にしようね」

「北崎さん、いつも楽しませてくれてありがとう」

北崎のスキー場のチョイスは、コンパクトで初心者が練習しやすいところを選んだ。平均斜度7度という超緩斜面のファミリーコースというゲレンデがある群馬県の上毛スキーパークだ。

関越自動車道沼田インターで下りれば約30分で着く。山に入る手前でタイヤチェーンをはかすとどんどん山に登っていく。バブルの頃のスキーブームは今は昔、日曜だが渋滞もなく楽々スキー場の駐車場に車を停めた。

恵理のスキー用具・ウェアのレンタルを済ませてスキー場に出た。1月下旬だ。標高が高いのでパウダースノーだ。パウダースノーでは湿雪よりも雪が軽いので早くスキーが上達する。ただ、このスキー場の欠点といえば、この平均斜度7度というファミリーコースは、中上級者にとってはスキーやスノボが止まりそうな感覚になるので、いかにもかったるいコースの上、このスキー場の最大斜度は25度で少々物足りなさはある。

二人は一番下のリフトに乗るため歩き始めた。恵理はスキーは初めてなので上手く歩けない。ストックは上手《うま》く突けずに空振りしたりするし。スキー板も、いかにカービングスキーに変わって短くなったとはいえ、非常に扱いにくい。左の板と右の板が重なって最初の転倒。

「滑るどころか歩くのも難しいね」

「落ち着いて。板は平行に出そうね。板が重なるとそういうふうに転ぶよ」

「そうなんだ」

「歩くことから始めよう」

「うん」

そして、何とかリフトの乗り場まで来た。

「落ち着いて」

「きゃあ」初心者がまず、一番最初に食らわされる洗礼だ。リフトは経験者がいかにもスムーズに座っているが初心者には危険がいっぱい潜んでいる。

恵理はリフトの座席に膝裏を打たれたのでびっくりして座席の前に倒れた。それを見たリフト係の従業員が即、リフトを停止させた。恵理は運動は苦手じゃないのだが、何しろ初めてづくし。これからというのに不安になった。北崎は恵理の脇を掴んで立たせた。

　恵理が立ったのを確認したリフト係はリフトの運転を再開させた。今度は恵理は上手く座席に座れた。

「びっくりした」恵理は2回目は上手く乗れたので安堵して言った。

「最初はね、意外とリフトの座席の衝撃が強いからびっくりするんだよ」

「次も転ぶかなあ?」

「多分ね、大丈夫。体が覚えてるから。俺も水上スキー初めてやった時に1回目は転んだんだよ。でも、2回目成功したんだ。立てたんだ。その時コツを体が覚えるんだね。3回目以降は転んだことないよ」

　恵理は(北崎さんは子供の頃からやってるからできるんじゃないか)と思った。

　自分といえば、リフトの座席がガツンと膝裏にあたってその後どうやってスキー板を地面からリリースできたのか、どさくさに紛れて立たせてもらったからよく感覚を覚えていない。

そして、スタートでも転んだが終点で降りるタイミングも難しいことをこの後、思い知ることになる。

「降りる時はね、こうやってスキーのトップを上げて待つんだよ」恵理は同じように上げた。

「降車位置では降車位置の目印がきたら前に向かって立ち上がるイメージで降りてね」と、言われても恵理には全くイメージが湧かなかった。そしてリフトが降り場に着いた。

恵理は北崎から言われた降車位置の目印が過ぎて降りてしまったので今度はリフトの座席に押されてまた転んだ。ここでも係員はリフトを停止させた。恵理はリフトを止めることと今の工場でラインを止めることが頭の中で重なり、迷惑をかけていることがわかったので係員に
「ごめんなさい」と謝った。そしてまた、北崎が抱え上げて立たせた。

「降車位置のマーク見えただろう?」

「はい。でもいつ立とうかと思ったらタイミングが遅れて座席に押されたんです。難しいな」

「あれはね、降車位置の真上で膝を上げるとリフトの座席が自然と立たせてくれるんだよ。次は上手くいくって」

「私、スキー大丈夫かな？　運動苦手じゃないのにな」

「初心者は、まず、最初のリフトの乗り降りで転ぶことはよくあることだよ。慣れだよ、慣れ。次は上手くいくから」

「だといいけど」

「それじゃあ、まず、プルークからいくよ」

「プルークってなあに？」

「両方のスキー板の先端を付けて、後ろは開く。俺のようにV字型作ってね」

「こう？」

「そうそう、やっぱ恵理ちゃんセンスある」

「これならできそう」

「いい、俺の後、ついて来て」恵理は北崎の後ろで滑り始めた。このプルークは斜面に正対してエッジを立てて制動を利かせるので、エッジを立てれば立てるほどスピードが落ちる。北崎はプルークで前進しながら後ろを振り返った。

「おおー、上手い上手い」

「きゃあ」恵理は制動が上手くかけられずどんどんスピードが出るので怖くて転んで尻もちをついた。

「角付け。板の内側にしっかり荷重してエッジをこうするんだよ」

「ああ、もっと立てるんだね」

「じゃ、このプルークができるようになったら次、プルークボーゲンね。全てのスキーの基礎になるんだよ。斜面への恐怖心を取り除くことになるからしっかり覚えてね」

「できるかな?」

「スキーのターンの技術の最初に練習するのがプルークボーゲンね。スキー板の先端をさっきみたいに合わせて後ろは広くして制動をかけながら向きを変える方法。口で言ってもイメージ湧かないかもしれないから俺の後、ついて来て」

恵理は必死で北崎に続いた。北崎が滑りながら振り返って恵理の滑りを見た。

「そうそう、もっと視線を上げて。足元を見るんじゃないよ」

「きゃあ」恵理は足元ばかり見ていたので重心が安定せず後傾になって尻もちをついて転んだ。

「そうだな。プルークする時にストックをこういう風に雪面でブレーキかければスピードをコントロールできるよ」

「ほんとだ。これなら怖くない」

「スピードに慣れてきたな。それじゃあストックは外してこう。体の前に構えて滑ろう」

「こうですか?」

「そう。上手い上手い」

そのうち、恵理はこの緩斜面ならある程度と思えるようになったので、次のステップでターンの練習にした。

「外脚に寄りかかるようなイメージで滑るんだよ。そうするとすんなりプルークボーゲンのターンができるんだ」

「はい」

「いいよいいよ。じゃあ、その次のステップね。ターンをスムーズに行うには外向傾を覚えないとね。この先、パラレルターンをやる場合にこの外向傾ができていないと上手くターンできないんだ」

「外向傾って?」

「これが外向の姿勢。これが外傾の姿勢。その二つを同時に作るんだ。こういう姿勢をね」

恵理は親切に教えてくれる北崎をとても頼もしく思えた。ただし、野口に寄せた初恋のような淡い感じは覚えなかった。あまりに身近な存在になっていたからかもしれない。

二人はスキーツアーを存分に楽しんだ。午後には恵理は何とかコツを掴んだようなので北崎は、本日の仕上げとして最後に斜滑降を練習させて、シュテムターンを1回だけやって見せて、

「次回は、このシュテムターンをやろう。それができてからだな。上のコースへ行くのは」

恵理はやはり運動神経が良い。今日は10回以上転んだが、平均斜度7度と緩いがプルークボーゲンと斜滑降がなんとか形になった。レンタル品を返して着替えて車に乗った。

帰路はまっすぐ帰らず、少し寄り道をして眺望温泉という温泉に立ち寄った。この温泉は、河岸段丘を一望できる丘の上の温泉施設で、内湯・露天風呂・サウナを

備えて、レストランも併設されてある。広々とした露天風呂から段丘崖を見ながら、スキーの疲れを癒やした。そしてレストランでトンカツ定食を食べた。北崎は充実の1杯（生ビール）を飲みたかったが、車の運転が待っている。ここは我慢であった。

眺望温泉の畳の部屋で1時間ぐらい横になって休んだ後、再スタートした。あとは横浜のアパートへ一路向かった。ただし、行きと違って眺望温泉は片品方面の多くのスキー場と合流しているので渋滞。そして、関越自動車道の料金所までと環八に出るまで、更に環八と渋滞に合い、すっかり遅くなった。

「あー、渋滞で遅くなっちゃったな。恵理ちゃん、明日の仕事大丈夫？」

「私は大丈夫です。それより、北崎さん、ずっと運転して疲れてないですか？」

「俺も大丈夫。心配しなくていいよ」車は環八から第二京浜を通ってという予定だったが何故か北崎は第二京浜に合流するのを忘れてスルーしてしまった。北崎はハッと気付いたが、（まあいいや。第一京浜で帰ろう）と思った。この時、北崎はこの後訪れる不幸に気付くよしもなかった。第一京浜に入って鶴見のアパートを目指した。すると、急激に北崎の腹が下ってきた。「あー、あと少しなのに」と思ったが、大便急降下。我慢できなくなった。鶴見川が近づいてきた。もう時間の猶予がない。(そうだ、パチンコ屋に入ろう)と思い、鶴見川の橋を渡ってすぐのパチンコ勝栄の駐車場に車を停めた。

「恵理ちゃん、ちょっとトイレ行ってくるから待ってて」北崎はパチンコ屋のトイレで大を済ました。

「あー、何とか間に合った」ホッとして車に戻って運転を再開した。ここで北崎は再び第一京浜には戻らず、パチンコ勝栄の裏側の路地を選択した。京急線のガード脇の道路に入った。この道沿いは中小の工場群である。23時の深夜だ。あたりに人はいない。ひとっこ一人いないはずであった。北崎のこの道路への印象はそんなところだった。

しかし、この道路に入ってしばらく進むと少年たちが10人近く道路いっぱいに座っている。

「けっ、面倒くさい奴らだ」と言って北崎はクラクションを鳴らした。しかし、少年たちはびくとも動かない。北崎はもう1度クラクションを鳴らしたが相変わらず動かず道路を占拠されている。ここで諦めてバックすればいいのだが、北崎は恵理にいいところを見せたかったので車から降りて少年たちに言った。

「邪魔だからどけてくれ」

するとと、少年たちはやおら立ち上がり北崎に向かってきた。

「何だ！」

北崎はこの時、初めてこの少年たちがただ者ではないことに気付いた。（なにを）と思ったが、その瞬間であった。少年たちの動きが突然速くなった。

まず、少年Aが北崎の車に突進し、車のキーを奪った。

「何をするんだ。早く返せ」と、北崎が少年たちに背を向けた瞬間、少年Bによって羽交い締めされた。キーを奪った少年Aはその勢いのまま助手席の鍵を解除してドアを開け、恵理を道路に押し出した。

「きゃあ、やめてー」恵理は怖くなって悲鳴を上げた。

「騒ぎたきゃ騒げよ。この工場街誰もいないぞ」外に押し出した少年Aは低くドスの効いた声で言った。

北崎は元、陸上自衛官だ。訓練で徒手格闘を習得している。連隊の格闘競技会に選手として出場したこともあった。羽交い締めされたから靴のかかとで思い切り少年Bのむこうずねを蹴った。

「痛ー！」少年Bが蹴られた部位は弁慶の泣き所だ。たまらず、羽交い締めしていた腕を外してその場にうずくまった。

この少年たちは、実はここで何回もおやじ狩りをしているチーマーである。このように集団で徒党を組み女性への乱暴・窃盗等を行う反社会的勢力なのだ。暴力団が彼らの面倒を見ているので後ろ盾があり、こうやって遊んでいるのだ。しかし、北崎は強そうだ。ただし、相手は男一人。そして連れの女一人。そう感じたチーマーは逆切れした。車外に押し出している恵理にもう一人の少年Cが速攻で恵理の着ているダウンパーカーを脱がしてスマホを盗んだ。あっという間なので、北崎がそっち側に回ろうとした瞬間、少年Dが北崎の足を引っかけて転ばせた。この少年たちはグラウンディングさせたらどれだけ有利かを熟知しているのだ。つまり、喧嘩慣れしている。少年DとEが道路上に仰向けになった北崎の頭部をぶち蹴った。更に頭を何度もアスファルト路面に打ち付けた。北崎が強そうなことを理解した彼らは執拗に打ち付けた。意識がなくならないと、北崎から逆襲されることを恐れているからだ

やがて、北崎は気が遠くなった。少年Fが北崎のズボンのポケットをあさって財布とパスカードを抜き取った。その財布の中には1万円と少ししかない。これだけでは本日の獲物から得るものが少ない。そこはこのおやじ狩りの常習者だ。このあとが実に巧妙だ。パスカードの中に銀行のキャッシュカードを見つけて

「おい、おやじ。この女を助けたかったらこの銀行の暗証番号を言え！　もし、嘘

だったらここにお前の免許証がある。住所がわかるから何度でも狙うぞ」

北崎は額を何度も何度も打ち付けられ薄れゆく意識の中で言った。

「その子に手を出すな」もう、叫ぶだけの余力もないがうわ言のようにつぶやいた。

「バカかお前は。キャッシュカードの暗証番号さえ言えばこの女に手は出さないからありがたく思え」

北崎は少年たちの良心を信じた。

「わかった。言うからその子を離してくれ」

「お前が先に言え」

北崎は正直に暗証番号を言った。

少年Gがスマホに暗証番号を入力した。

「じゃあ、その子を離してくれ。約束だからな」

ところが、少年たちは意外な行動に出る。少年Bは、北崎が強いことを知ったのでこのまま女も北崎も離せば逆襲される危険性がある人物だと決め付け（こいつは

意識をなくさせるしかない）と思い、

「お前は甘いんだよ」と言いながら更に北崎の額を狂ったように打ち付けた。ついに北崎は意識を失ってぐったりした。

そこまでしたから安心して次の標的にされた恵理に襲いかかった。服を脱がし、下着もずらして集団で恵理はレイプされた。そして少年たち一人ひとりから交代で輪姦されてしまった。

その時、恵理が実父から性的ＤＶされたことがフラッシュバックされた。フラッシュバックとは、強いトラウマ体験（心的外傷）を受けた場合に、後になってその体験が、突然かつ非常に鮮明に思い出されたり夢に見たりする現象だ。恵理はこの時、トラウマとなった乱暴された体験と繋がりがある感情や行動など連想させるようなことが引き金となり、突然あの時と同じような恐怖や感情が蘇ってきた。逃げたくて激しく泣き叫んだ。でも誰も助けには来ない。ついに3人目からは恵理は、もう諦め、泣くのも叫ぶのも止めた。捨て鉢になったのだ。ひたすら少年たちからの行為が終わるのを待った。頼りの北崎は気絶している。どうにもならない。ひたすらフラッシュバックの恐怖と戦った。

ひとしきり満足した少年たちは恵理を蹴り飛ばし、

「車のキーだけは返してやるよ。どうだ、俺たちは良心的だろう」と言った。周りから恵理に向かって指差して大笑いされている。そこへ後続車がやって来た。恵理はこの車に期待した。

しかし、この車もグルだった。路上で止まっている北崎の車にクラクションを鳴らすでもなくドアを開けて出てきたのは、この少年たちの後詰め役で、もし何か不測の事態が生じたときの保険のような後方支援部隊だ。その少年は素っ裸の恵理の後頭部をハンマーで殴って気絶させた後、北崎にその凶器となったハンマーを握らせた。そして、北崎の体を仰向けになった恵理の体の上に乗っけた。

これでもまだ執拗に犯罪は続く。現場の証拠写真ということにしてスマホで数枚写真を撮り、１１０番した。完全犯罪にするのがこの後方部隊だ。少年たちは

110番の電話のやりとりを見届けると鶴見駅東口の方に散った。

パトカーがやって来た。警察官がこの猟奇的事件に驚きながら、倒れている二人を揺り動かし声をかけた。恵理の方が先に意識が戻った。ただし、後頭部をハンマーで殴られたため、部分的な記憶喪失になっていた。チーマーたちに襲われた部分がすっかり忘却の彼方になってしまっている。警官たちにはどう見ても北崎が恵理をハンマーで殴って素っ裸にして乱暴したとしか思えない。

警察官は、恵理に事情聴取をしたが、スキー場に行った後のことが全く記憶にない。恵理から見れば北崎がそんなことする訳ないと思ったがハンマーは北崎の手に握られている。

証拠があまりにもはっきりしている。警察官は北崎に手錠をかけた。恵理はすっかり警察に洗脳されたかのように北崎に辱められたと勘違いした。

恵理は、鶴見警察署から出た時、もう2度と北崎には会わないと決めて街をさまよい歩いた。北崎は財布・パスカードを盗まれた。恵理が盗まれたのはスマホだけだったが（あの信頼していた北崎から）と思うと失くしたものの代償があまりにも大きい。実の父親から。そして北崎から乱暴された。悲しくなった。

「もう、あのアパートには帰らない」そうつぶやいた。時刻は午前4時を回ったところであった。ＪＲ鶴見駅で始発を待った。

始発電車が来て、ＪＲ京浜東北線の下り電車に乗った。行くあてがない。大船行きの電車だったが、桜木町駅で降りた。この頃になると横浜はある程度わかるようになっていた。

「どこへ行こうか？」と、桜木町の駅から海岸の方にトボトボ歩いた。

「あー、元気が出ない。かといって、眠たくもない。会社休んじゃおう」ブツブツ言いながら汽車道↓ワールドポーターズ↓赤レンガ倉庫↓大さん橋と歩いて山下公園にたどり着いた。海に沿って歩いていると『赤い靴はいてた女の子』の像を見つけた。

思わず♪横浜の波止場から船に乗って〜♪と、口ずさんでいた。そして、優しい母から八丈島で買ってもらった赤い靴を思い出した。

「そうだ、赤い靴。取りに行かなくちゃ」優しい母に就職祝いで買ってもらった赤い靴。実家を飛び出して東京を目指してきた時に履いていた赤い靴。面接を受けた時に履いていた赤い靴。いつも心の中にある赤い靴。私物ももちろん大事だけど、一番思い入れの強い赤い靴はどうしても北崎のアパートに取りに戻らなきゃいけない。合鍵は当然ながら持っている。

「もし、北崎さんがいたらどうしよう？」とは思うが、いるとかいないとか関係ない。それよりも大切な赤い靴。母との絆だ。

そう考えると、すぐに山下公園から取って返し北崎の、そして昨日まで自分が住んでいた部屋に合鍵で入り、赤い靴を大切にカバンに入れた。更に、大きなカバンに主だった私物を入れて出た。合鍵は郵便受けの中に入れた。もう戻ることがないのでけじめをつけた。

一方、北崎は逮捕されたため、まだ鶴見警察署の留置所にいた。逮捕後48時間以内に検察官に事件を引き継ぐ「検察官送致（送検）」を行うこととなる。ただし、恵理は寛大な処置を望み、被害届を出さなかった。被害者が被疑者の処罰を望んでいない場合と警察が判断したため、逮捕後48時間以内に釈放となりそうだ。

恵理は、この1年間、劇的に不幸な出来事が起きるので故郷を思い、再び山下公園へ行った。平日のため人出はそう多くないが、それでもそこそこいる。人が少ないところへ行くと悪いことを思い出して心の傷が疼くから、あえて人が多い場所にしたのだ。人波に癒やされる。ただし、午前10時台だ。少女が一人学校にも行かず海沿いのベンチに座っている。

誰の目にも女子高生の穢れなき乙女に見える。多少大人びた風貌の恵理に赤いハイヒール。家出少女のように見える。悪い奴の罠にかかる前に職務質問で警察官が巡回に回ってくればいいが。しかし、この山下公園はよっぽど安全なんだろう。制服の警官が回ってくるのは見たことがない。明るくて海に広がる公園だ。犯罪の例が少ないからであろう。この山下公園にある氷川丸前のベンチが恵理の心の拠りどころ。癒やされスポットになっている。氷川丸とは、昭和5年に横浜船渠（現三菱重工業）で竣工し、北米航路シアトル線に配船され、11年3か月の間、太平洋を横断する貨客船として活躍した。その後第二次世界大戦の間は病院船として南方戦線に赴き、戦後、復員船を経て1960年まで再びシアトル航路に復帰した日本郵船の船である。1960年に引退して、翌1961年から現在の位置に係留され親しまれている。恵理はまだ16歳だ。遠い海の向こうにある故郷を思い感傷的になった。

「お母さんがかわいそう。おそらく今でも父から暴力をふるわれているんだろうな」

そう思うと涙が出てきた。恵理自身、とんでもなく辛い思いをしたのに更に母親を心配する。恵理はそういう子だ。（母の今はどうなんだろう？　私がいないから全て母が父からの暴力を受け止めているはずだ。自分なんかより母の方がよっぽど辛いんだ）ベンチにうずくまって足元に目が行くと。赤い靴。母が八丈島で買ってくれた赤い靴が輝いている。それを見ると涙が止まらなくなった。自分はというと、初恋の野口の親友から乱暴された。野口の親友であるだけに、（野口にももう会うことはないいな）と思った。（海は繋がっているんだ。自分がいつの日か母を助けてあげるんだ）そういう思いがあった。

そんな自分と、同じ公園内にある『赤い靴はいてた女の子』の像が重なった。『赤い靴はいてた女の子』の像は海を向いている。横浜港よりもずっと先の太平洋を眺めているように見える。恵理も横浜港よりずっと先の太平洋に浮かぶ沖ヶ島を眺めているつもりなのだ。恵理は何だか仲間ができたような気がして童謡『赤い靴』に出てくる女の子のことを知りたくなった。自分と同じ匂いがすると感じて、新しくスマホを購入して横浜市の図書館を検索した。桜木町駅の近くに横浜中央図書館がある。スマホを見ながら歩いていった。山下公園からバスを乗り継げば、桜木町駅から一本松小学校行きのバスがあるのだが、それには気付かなかったので歩いていった。

徒歩15分ぐらいで横浜中央図書館に着いた。あまりの大きさに驚いた。

「これが全部図書館なの？」改めて大都会にいるんだなと思った。５階まである。地下もある。どこに行けばいいのかわからないので図書館の受付の女性に聞くことにした。

「童謡の赤い靴について知りたいんですけどそういう本ってありますか？」

「今から調べますのでしばらくお待ちください」その受付の女性は図書館司書である。この図書館司書というのは国家資格であり人気の資格である。図書館で司書として働く場合には基本的に、国家資格を取得していることが条件になる。この司書はパソコンで検索している。童謡『赤い靴』というワードに関連のある本をこの巨大な図書館内で調べている。

実は、閲覧室にある本よりも、地下の書庫の蔵書の方が本の数は多い。地下の書庫には、司書から要求されたワードに関連した本を探す職員がいる。女性司書は、閲覧室の本に加え、地下から本専用のエレベーターで上げてもらった関連書籍は全部で５冊あり、恵理の前のカウンターに置かれた。

「へー、5冊もあるんですね」

「この図書館は横浜の図書館で一番、蔵書が多いんですよ」

「ありがとうございました」恵理は5冊全部持って閲覧室の机に座った。

読んでいくと『赤い靴』には並々ならぬ実話があったことに驚いた。

「童謡で歌った『赤い靴』には岩崎きみちゃんという実在の女の子がいたんだ」5冊の本はそれぞれ「赤い靴」というワードに的を射ていた。中でも、ノンフィクション作品になった『赤い靴』の本にすっかりはまった。


岩崎きみちゃんは実在した子でした。お母さんは、岩崎かよといって未婚の母としてきみちゃんを産んで育てました。父親はやくざのような人だったらしく夫婦になることはなかったそうです。父親の名を明かせない私生児ということから世間の風当たりは厳しく、やがて岩崎かよときみちゃんは開拓団として北海道に渡り、鈴木志郎というやはり開拓団の男性と結婚しました。当時きみちゃんは3歳。家族で留寿都村《るすつむら》への入植を決めました。しかし、明治時代の北海道開拓は命がけで、幼い子供を連れていくことなど考えられませんでした。そこでかよはきみちゃんを、当時、函館に住んでいたアメリカ人宣教師、ヒュエット夫妻の養女として託すことにしました。しかし、ヒュエット夫妻が、本国からの命令で横浜港から帰国することになった時、きみちゃんは当時不治の病とされていた結核に冒されてしまいます。結核を発病したきみちゃんは船旅ができず、やむを得ず東京麻布十番の孤児院に預けられてしまいました。そしてきみちゃんは3年間の闘病生活の末、9歳というあまりにも短い生涯を終えたのでした。1911年のことでした。

一方、きみちゃんをヒュエット夫妻に託してから2年後、母かよは入植に失敗して、鈴木志郎との間に生まれた娘の、そのを連れて家族で札幌に出ました。旦那の鈴木志郎は新聞社に入社。そこで同僚として知り合ったのが当時、その新聞社にいた野口雨情でした。両家族は急速に親しくなり1軒の家をふた家族で借りて共同生活を始めました。その折、かよの、きみちゃんへの思いを聞き、母親の愛に感動した野口雨情は、これを詩に綴りました。その詩に本居長世が曲をつけて完成したのが童謡『赤い靴』です。母親のかよは、きみちゃんがヒュエット夫妻と一緒にアメリカへ渡ったのだと思い込んで歌にされたのでした。かよはきみの死を知らないまま1948年、「きみちゃん、ごめんね」の言葉を残し、64歳で他界したそうです。

『赤い靴』の女の子のモデルが明らかになったのは、1973年11月の新聞の夕刊に掲載された「野口雨情の赤い靴に書かれた女の子は、まだ会ったこともない私の姉です」という、「岡その」さんの投稿記事がきっかけでした。この記事を、当時北海道テレビ記者だった菊池寛さんが知り、5年余りの歳月をかけて女の子が実在していたことを突き止めました。

説明が長くなりましたが、何故、横浜の山下公園に『赤い靴はいてた女の子』の像があるのでしょうか？　『赤い靴』の童謡の2番♪横浜の埠頭（はとば）から船に乗って♪と出てくることから赤い靴の女の子の舞台が横浜であることがわかります。きみちゃんがもし、結核に罹っていなかったら養女となったヒュエット夫妻と一緒にアメリカへ渡っていたはずです。しかし、結核で闘病中であり、とても一緒に船旅ができないから仕方なく預けられた麻布十番の孤児院で亡くなっています。健康なら童謡『赤い靴』で歌われたように一緒にアメリカへ行っているはずです。ところが、実際には行けませんでした。『赤い靴はいてた女の子』像は、行き先だったはずの遠いアメリカを見つめているようなたたずまいになっています。

「あ、だからあの山下公園の『赤い靴はいてた女の子』の像は海を見つめているんだ。アメリカの方向を向いているんだ。よくわかった。この本、良かったな。もう1冊読んでみよう」恵理が、次に手にした本は、童謡『赤い靴』のモデルになったきみちゃんの像は国内に3か所あると書かれてある。1か所は例の横浜山下公園。2か所目はきみちゃんが生まれた静岡市清水区の日本平にある。3か所目はきみちゃんが結核に罹って預けられた孤児院のあった東京麻布十番にある。そういうことがこの本には書かれてあった。

恵理は、山下公園の『赤い靴はいてた女の子』像が今の自分の気持ちに似たような感覚を持った。「いつかは母親のために沖ヶ島に戻って助けてあげたい。そのためには父親が作った借金がどれぐらいあるのか知らないけど、全額返済できるぐらい頑張って働きたい」そう思った。「みんな貧乏が悪いんだ。お父さんは貧乏になってから家族に暴力をふるうようになったんだ。あの事故が。そして貧乏が」恵理は貧乏を恨んで生きてきた。早く金を貯めたかった。「海の遥か彼方をきみちゃんは眺めている。私も海の遥か彼方に住む母を早く助けなくちゃ」と望んだ。恵理は、図書館で『赤い靴』について勉強して自分のこれからの生きる道を見つけた。はっきり見つけた。

恵理は図書館を出て、山下公園に戻った。『赤い靴はいてた女の子』の像と一緒に海の向こうを眺めた。しばらく眺めた後、現実に目を向けた。北崎のアパートから最小限の私物を持ってきている。桜木町へ行って近くの不動産屋へ行き、部屋を探すことにした。職場近くの緑区に安いアパートを見つけた。とりあえず、昨年の

4月からこの1月まで働いているので貯金は貯まっている。しかし通常、アパートの契約時には連帯保証人がいるのだ。これについて、恵理は無知だった。何しろ、最初から北崎のアパートに転がり込んだので、この常識を知らなかった。

「連帯保証人って何ですか？」

「借主の債務を連帯で保証する立場の人です。借主が家賃の支払いを行わなかった場合の他、設備を破損してしまうとか、何らかの問題が起こった時に代わって滞納した家賃や修理費を支払ってくれる人のことですよ」

「そんなの知らなかった。私、働いて給料もらっているんです。絶対家賃を滞納しません」

「いや、そういう理屈は通らないんですよ。決まりだから」

「そんなこと頼める人はいません」恵理は焦った。

だが、この古くからある不動産屋の社長とおぼしき人は、別の棚から安っぽい感じの手書きの資料を出してきた。

「こういう物件もありますよ。ただし、お嬢さんには危険かもしれないですが、それでも良ければ話を進めましょう」

「それでいいです。そうしてください」

「最近はね、連帯保証人不要の賃貸物件があるんです。ただし、保証会社を間に挟めば、借りる方は保証人なしで入居することができます。保証会社にお金を払う必要がありますけど」

「私、連帯保証人はいないけど、保証会社にいくら払えばいいんですか?」

「保証会社って審査があるんですよ」

「今すぐ入りたいんですけど」

この不動産屋の社長は恵理の身なりから、直感で保証会社の審査に通りそうもないことを察し、

「そうですね。連帯保証人も保証会社も不要な物件があるんですよ。この中から選んで、1度内見してみてください」

「内見って何ですか?」

「アパートの下見のことですよ。契約する前に実際、自分でその物件を見てから決めた方がいいでしょう」

「私、下見はしません。すぐに入りたいんです」

社長は、実際、内見してくれないと後からクレームを付けられるのは面倒だと思っているが、どうにも、恵理の様子を見ていると契約させてあげたくなった。

恵理は、このファイルの中で、間取りが手書きで書かれた安いアパートを見つけた。南区の坂の上にあるそうだ。すぐに契約して荷物を持ってこの安アパートに行った。

「一人暮らしだ。しっかりやらなくっちゃ」京急南太田駅で下車して、不動産屋でもらった地図を見ながらきつい坂を上った。その途中に日の当たらないボロアパートがあった。

「ここだ。それにしても古そうだな」築56年で、外観はかなり錆びたトタン張りの

2階建てで、全部で6戸ある。鍵はかかっていなかったので開けるとびっくり。現状渡しの物件だ。今の状態のまま引き渡すという意味だ。畳は汚く、壁にひび割れがあった。

「ひえー。汚いな。でも我慢しなくちゃ」

恵理はもう1度南太田駅まで行ってスーパーで菓子折りを買って、5戸それぞれ挨拶に行った。自分以外は全員男だった。

「こんばんは。今日からこのアパートに住むことになった小川です。よろしくお願いします」恵理は、今まで二人の男から乱暴（実は父の他、北崎だと勘違いしている）されたにもかかわらず生まれ持った性格は変わらない。男への警戒心がない。

どの部屋の住民もびっくりした。何故あんな女子高生みたいなかわいい娘がこんなボロアパートに住むんだろう？　何か人に言えない訳アリな子なのか？　未婚の母なのかな？　などと不思議に思っていたが、みんなして「ラッキー」と喜んでいた。

恵理は引っ越しの挨拶を済ませて思った。（おじさんばっかりね。隣の人感じ良かったな。こんな狭い部屋に住んでるんだから独身かしら）かくして5人の男たちとボロアパートに住むことになった。

恵理は、相変わらず同じ食品会社で働いていた。そして季節は移ろい梅雨の時期になった。恵理はその日、玄関の鍵を部屋の中に置いたままロックして仕事に出かけてしまった。

帰ってからその失敗に気付くこととなる。

「いっけなーい。鍵が財布に入ってない」ポケットの中もバッグの中も見たが部屋の鍵はない。

「どうしよう？　そうだ！　隣の人、親切そうだから相談してみようっと」懲りない女だ。恵理は未だ、男をオオカミと思っていない。

「ピンポーン」隣の立河は現在、無職だ。転職を繰り返し、この前もやはり仕事に馴染めないで数日で辞めてしまった。それでも、スマホの求人アプリで検索したり、ハローワーク詣での日々を送っていた。実は、このおじさんは、かつては熟練工であった。高校卒業後入社した工場で長い間働いていた。その工場は、変圧器（トランス）を製造する工場である。変圧器は、交流電力の電圧の高さを電磁誘導を利用して変換する電力機器・電子部品である。つまり、発電所で発電され、電線で運ばれた電気では電圧が高過ぎるため、電柱に金属製の固定金具を介して取り付けた変圧器で変圧し、一般家庭に運ばれるのだ。その、変圧器を製造する中で、含浸という工程で働いていた。組み立てが終わった変圧器（トランス）は、絶縁材料であるワニスの入ったタンクに浸し、トランス内部更には絶縁紙内部にワニスを浸透させる。ワニス含浸を行うことで、絶縁機能の強化だけでなく、ワニスの固化による機械的強度の向上や、湿気やホコリなどがトランス内部に入り込むことを防ぐのだ。ワニスを含浸させたトランスは、熱風乾燥機で一晩乾燥させる。加熱乾燥させるとドロドロだったワニスがカチカチに固まり、絶縁機能を向上させる。とても大事な工程なのだ。そこまでの工程で立河はたまに含浸不良という不良品を造ってしまうことがあり、会社の上層部での評価は上がらなかった。それでも会社は、長く勤務してこの部署を守ってきた立河を雇い続けた。その平穏だった立河の人生を根底から覆す事件が起きた。事件というと大げさだが、要は、この会社は現在そして将来の時代の流れを見据えて大決断したのだ。製造工程のＡＩ導入だ。こうして先行投資をして高額な費用をかけるのだが、その後の利益が人件費を上回るということをＡＩメーカーにプレゼンされて決断した。そうなると、余剰人員がどうしても出てしまう。余剰人員には他部署への配置転換を勧めたが、それでも皿からこぼれる工員が出る。会社の上部の会議で立河は、そのこぼれる方に決まった。突然、解雇されたのだ。リストラである。立河も立河だった。20年以上働いてきたが、相変わらず含浸不良を造ってしまい、上から怒鳴られ、下からはなめられている。立河は上からの注意に関しては耐え続けたが、年を重ねるたびに年下の社員が入社してくる。その、年下からの突き上げの方が更に嫌であった。だから、我慢の日々を送って仕事を続けていた。しかし、解雇に関しては、突然であり人生計画が狂うことで一応、会社への怒りはあるものの実は（辞めてもいいや）と思うぐらい日々の労働には憤慨していたのでホッとしたという側面もあった。立河は退職すると、気晴らしに北陸をブラッと旅した。高校卒業後すぐに、リストラさせられた会社に就職して21年。ずっと働き続けてきたので、明日の仕事のことなど考える必要がなくて、このゆっくりと時間が流れる旅が、心からの癒やしになった。

しかし、問題はその後だ。退職金はみるみるなくなっていく。稼ぐのに辛いが使うのはあっという間だ。このトランスの含浸しか能のない立河にとって今後待ち受けて来る困難は、この頃気付くよしもなかった。（仕事なんていくらでもある）と思っていた。

そのうち、日々をぶらぶら送ることが普通のことになった。働かないから気が楽だ。そんなある日、貯金通帳を見てやっと就職活動を始めた。実は立河はギャンブル癖があったので、ぶらぶらしているとつい横浜の場外馬券場へ行く日が増えた。もちろん、こういうギャンブルではほとんどの人が通算すると負けているものだ。

立河もそのうちの一人で、たまに勝つと風俗で使い、残った金は次回のレースで「もっと大きく勝ちたい」と大きく賭け、そして負ける。負けて賭ける金がなくなったら消費者金融で金を借りそしてまた負けるのを繰り返していたので貯金がないまま暮らしてきた。そこへ、リストラで退職金をもらったので気楽にぶらぶらしたが、結局、残りの退職金は競馬ですってんてんになった。

就職活動では、長年の製造業で培った能力があると判断されて採用はされるのだが、まず1社。人間関係に耐えられず辞めて。2社目はスキルがついて行けず辞めて、3社目は仕事がハード過ぎて辞めた。短期間に3社も辞めてしまった。それまでの職歴である製造業に自分の持っているスキルが全く活きないのだ。そうしているうちに金はどんどんなくなっていく。手っ取り早く金が欲しくなった。

「そうだ！　製造業はやめた。営業をやろう！」立河は、求人雑誌に載っている業種のうち営業のページをめくった。キャッチコピーに飛び付いた。何しろ「月収50万円以上可」と書いてある。立河は「月収50万円以上可」に一目惚れしたのだ。

「頑張れば誰でも月収が50万円以上稼げるんだ」と勘違いしてすぐにこの求人広告を出した会社に電話し、面接を受けると難なく即決された。（営業って稼げるんだな。もっと早くやれば良かったよ）なんて思っていた。

そして、仕事初日がきた。営業といっても訪問販売の営業であった。訪問販売の営業というのはほぼ間違いなく歩合制の会社だ。訪問販売の営業といってもいろんな商材がある。

今まさに旬の太陽光発電をはじめ、住宅リフォーム、新聞、教材関連、布団、インターネット回線、美容関係、貴金属の買い取りその他いろいろあるが、立河の入社した会社は住宅リフォームの訪問販売の営業であった。住宅の外壁塗装の営業だ。立河は、初日は先輩営業マンについて歩き、現場での研修であった。この日は先輩のセールストークを見るだけだったが、立河は折角もらった退職金を競馬ですっていたので（頑張ろう）と思った。実は面接でのこと、

「自分は、塗装の知識も経験もないけど頑張ります」と、抱負を述べていた。

「うちの会社の営業マンはほとんど未経験だから大丈夫。歩合制だから頑張ったら頑張っただけ稼げる業界なので遣り甲斐がありますよ」

「頑張ります」

「それでは、明日から来てください」

と、簡単なものであった。それで即決されたものだから立河は嬉しくてしょうがない。何しろ、「月収50万円以上可」を丸呑みしているもので、頑張ればみんな50万円以上稼げると勘違いしたのだ。

しかし、2日間、先輩についているとだんだん不安になった。（何だよ。みんなインターフォンで断られてるじゃん。玄関開けてくれないと、会社で朝やった基本企画トークなんてしゃべれないじゃないか？）早くも疑問が。そして2日間の研修の後、与えられたチームの車がこの日のテリトリーに着くと、このチームのクローザー（契約を取る人）が各アポインター（アポを取る役割の人）に各人の割り当てエリアを線引きした住宅地図を手渡した。営業マン出発の直前、このチームのクローザーの森岡が「いいか！　塗装が新しくても古くても必ず軒並み叩け！」と気合を入れた。

立河も一人で営業に出た。不安は的中した。アポを取る以前に、どの家もインターフォンで断るので話もできない。（また営業マンだと思われて即答で断られるのか）とだんだん懐疑的になった。結局、営業初日、立河はアポはおろか、何の見込み客もない。

こんな日が続き、結局最初の月の契約は0本だった。このサガワペイントには月7本も契約した優秀なアポインターもいた。まさに「月収50万円以上可」の人であろう。確かにあの求人広告のキャッチコピーは間違いではない。しかし半数近くのアポインターは0契約だ。翌月も0契約の立河はこの世界で成果を出すことの難しさを痛いほど知った。こういう仕事はできる人とできない人の格差が非常に大きい。このサガワペイントはフルコミッション（完全歩合制）ではない。最初の月は固定給20万円もらえるが、その月0契約では固定給が5万円減額され15万円。更に翌月も0契約だと10万円減額されて固定給は10万円になる。これでは生活できない。そりゃそうだ。0契約ということは、1銭も会社に売り上げを献上しないことになる。それでも固定給をもらうということは給料泥棒だという訳だ。無能な者は去れという給与体系である。立河のように人がいいだけで、叩きの弱い（人に対して強引になれなくて押しの弱い、つまり営業力のない）営業マンは会社として必要がない。また新しく人を募集して優秀な人だけ残ればいいという方針なので立河はたまらず4か月で辞めた。トランスの製造会社からもらった退職金はなくなった。

「製造業はダメ。営業もダメ。それなら何をやればいいんだろう」と、男39歳。途方に暮れていた。自分は何をやっても能力がないとネガティブになった。それでも、もうあのキツい叩きはしなくていいと思うと気持ちだけは楽になった。立河にとって訪問販売は辛いだけで全くおもしろくない体験であった。

立河は前のアパートの家賃が払えなくなって仕方がなくこのアパートを見つけて住んだのだ。（自分は仕事ができない。どうやって生きていこうか？　もう横浜は諦めて故郷に帰ろうか？　でもあの偏屈な父親と同居するのは嫌だな）と思っていた。

前置きが長くなったが、そんな心境の無職の立河の部屋に恵理というかわいい娘ちゃんが玄関チャイムを鳴らしたのだ。

「立河さん、こんばんは。申し訳ないんですけど、部屋の鍵を私、持たずに鍵かけちゃったんで部屋に入れないんです。良い方法ありますか？」

「それなら大家さんの家を教えてあげるよ。地図書くからね。大家さんは合鍵を持っているから訳を話して借りてくればいいよ」

「ありがとうございます。それじゃあ行ってきます」

恵理は書いてもらった地図を見ながら大家の家を訪ねたが留守だった。

「困ったな。どうしよう」恵理はもう1度アパートに帰って隣の立河の玄関チャイムを鳴らした。

「はい」立河がドアを開けた。

「あ、合鍵借りてきた？」

「いえ。留守だったんです」19時を回っていた。

「それは困ったね」

「すぐに部屋に入りたいんです」

「それなら、鍵の110番を呼べばいいよ」

「鍵の110番って警察ですか？」

「違うよ。ええとね。今みたいに自分の部屋の鍵を開けてほしい人の家に行って鍵を開けてくれる民間の鍵屋さんだよ。すぐ来てくれて便利だよ。俺も呼んだことあるよ。ただし、高いけど」

「高いっていくらぐらいですか？」

「えっとね。もう忘れたからスマホで検索してみるね」料金表を検索してから恵理に見せた。

「この業者だと6000円ぐらいみたいだね」

「それぐらいならしょうがない。電話します」

恵理はその業者に電話したが、「今、出払っていて2時間ぐらい待って」ということだった。恵理は、21時までどうしていようか？　と考えると、手っ取り早い良案が浮かんだ。

「鍵屋さんが来るまで2時間ぐらいかかるので立河さんの部屋で待たせてもらってもいいですか？」根っから男に警戒感を持たない恵理ならではのアイデアである。

立河は、こんなかわいい娘と同じ部屋にいられるんだと思ったから断る訳がない。

「いいですよ。汚い部屋だけどゆっくりしていればいいよ」

「ありがとうございますう」恵理はまたしても大人の男に何のてらいもなく近づいた。

まだ2月、冬である。立河の部屋に入った恵理は、勧められるままホームゴタツに入って温まった。温まれたが部屋の中は想像以上に散らかって汚かったので落ち着かなかった。

「立河さんは何の仕事してるんですか？」恵理は二人っきりなのでとりあえず緊張をほぐすため話しかけた。

「今、無職なんだ。仕事探し中」立河は無職なのが少し恥ずかしかった。

恵理は、自分の働く乗本食品の盛り付けの人手が足りないことを知っていた。ただし、もし自分みたいに仕事について行けないと気の毒だと思ったが、一応言ってみた。

「うちの会社、乗本食品って言うんですけどコンビニなんかの弁当を作っているんです。その弁当の盛り付けをする仕事で欠員が出たので募集しているんですけど」

立河は、イメージが湧いた。営業はもうこりごり（営業と言っても多種多様な業態があるのに、訪問販売という極端な営業の仕事をして、一を聞いて十を知るということわざの如く、営業全てが嫌になっている）だったので弁当の盛り付けなら自分にもできるような気がした。更に、今まさに目の前にいるかわいい娘ちゃんと一緒の仕事ができるんなら歓迎である。二つ返事で

「ありがとう。明日、紹介してくれる？」

「わかりました。明日、人事の人に頼んでみます」

「良かった。君がいてくれれば安心だ。それじゃあ、今から履歴書、書かなくちゃ」

気の早い立河は、履歴書を持ってきた。今まで何度も面接を受けているので履歴書のストックがある。それ以降、鍵の110番が来るまでの2時間余り、二人は話の花を咲かせた。立河にしてみれば、恵理とは親子ほど年が離れているが話は途切れなく続いた。恵理が沖ヶ島出身であること、つまり、絶海の孤島については初めて知ったので知的好奇心をくすぐられた。それにしても恵理には警戒心がないことで、かえって屈託のない会話が楽しめる一因となった。立河は楽しい会話の一方で、恵理と男女交際できれば、なんていう妄想を膨らませていた。しかし、そのうち「ピンポーン」と、隣の恵理の玄関チャイムが鳴った。

「あ、来たみたい。今日はどうもありがとうございました。お仕事の話、明日話しておきますね」

「また何か困ったことがあったら相談に乗るからね」

「はいお願いします」

立河にすれば、困ったことだけじゃなくて、いつでも来てほしいのだが、思ってもみないラッキーな時間であった。

「もし、その食品会社に採用されたら、いつでも会えるんだ」と、立河はにやにやしていた。

翌日、恵理は昨日の約束通り、乗本食品の人事の小森に「盛り付けの仕事をしたい人がいるのでよろしくお願いします」と言っておいた。小森は、恵理の持ち場を変更する時に世話を焼いた男である。何しろ、16歳のかわいい娘から頼まれたのだ。思わず手を差し伸べてあげたくなり、「任せといて」と言った。

恵理の予想通り、立河は面接で採用された。

コネが効いたという訳だ。立河は（今度こそ）という思いと（この仕事なら自分にでもできる）という自信が合致して張り切って出勤した。ただし、恵理がこの仕事についていけず、たまらず数日で配置転換された職場だ。このラインで働く従業員の空気は変わっていない。人が意地悪だ。全く教えもしないのに「手際が悪い」だの「さぼるな」だの罵倒されて質問すればシカト。そんな、このラインに出来上がっている職場の風土に、あの立河が慣れるはずがない。トランスの含浸だけ長いこと続けてきた熟練工気質は抜けない。新入社員からのスタートは、仕事に慣れること以上に人間関係が難しい。初日から、いきなりこのラインの洗礼を浴びることになった。ラインの隣に配置された年下と思える作業員から無視された。質問しても聞こえないふりをされた。そのあと「何やってんだよ」と怒られ、ラインを止めるとばっちりを受け、やっとのことでこの初日の終業時間になったが、もう1日で立河はここの仕事が嫌になった。

雰囲気の悪さ、人間関係の難しさ、そして、ラインの速さについて行けず、たまらずラインを止めてしまう後ろめたさ。恵理と同じ理由で3日間で、このラインの責任者の並木に退職願を提出した。並木はある程度引き留めたが、「またどうせ辞めたら新しい人が来る。去る者は追わず来る者は拒まず」と、並木が後ろを向いて歩き出すと、そうポツリと独り言を言った。その日、立河は、何とか定時まで働いたあとで辞めた。辞めると決めてから働くのは辛い。辛かったがこの日、1日だけ働いたのは、恵理への義理を少しだけでも通したつもりだった。工場の門を過ぎるといつもの退職時のようにせいせいした気分になった。これじゃあ、人生、逃げてばっかりだ。仕事やればできない。そして逃げるように辞める。ただ、この時にせいせいした解放感がある。辞めたくてしょうがないから辞めたんだ。その時には次の仕事のことなんて考えもしない。開放感から近くのコンビニで芋焼酎のワンカップを買って中山駅までの通勤路でちびちび飲んだ。少し酔っ払って解放感に拍車がかかった。でも、そんな快感何になる！　負けたんだぞ。逃げたんだぞ。投げ出したんだぞ。

「あー、せいせいした。誰があんな会社にいるもんか」ほろ酔いでアパートに帰った。着いて夕食を作り終えた頃、酔いが醒めてきた。夕食を食べていると酔いが醒めたため、自分には働く会社もない、家族もない。金もない。何もない虚無感・孤独感に襲われた。悪い酒だったかもしれない。しらふになると現実を嫌と言うほど知らされることになった。全てが虚しく感じ、何事にも意味や価値が感じられないような感覚になってきた。

「仕事。何やってもダメだな俺は。盛り付けの仕事って簡単だって思ってあなどっていたけどそれをもできなかった。俺はみんなについて行けない。人生が嫌になったよ」立河はどこまでも負のスパイラルに堕ちていった。

「どうせ、またどこかへ就職が決まってもできなくてすぐ辞めるんだ。いっそのこと死のうか」

ここまで堕ちたらあとは極論になるが、二者択一ということになるのだろうか？人生が上手くいかないのは自分が悪いんだと思って自殺するか、人生が上手くいかないのは社会のせいだと思って犯罪に走ってしまうか。

立河は他人を責める方を一旦、選択した。

「これは全て、あのＡＩが悪いんだ。そういえば、この前、テレビの報道番組で特集されてたな」

その番組は、あの日の出の勢いのナイルがＡＩ導入で、画期的な巨大倉庫のシステムを完成させ、このＡＩ導入により完全無人化するという画期的な場面ばかりを強調させた番組だった。これまでは、このような巨大倉庫に限らず、倉庫や製造業などの業界で今まで、フォークリフトや人海戦術でやっていた仕事をどんどんＡＩに奪われてしまうことになる。そこに余剰人員ができてしまうが、この番組はＡＩのシステムにだけフォーカスし、その導入でのデメリットになど全く触れなかった。

ＡＩは、ピッキングの仕事を人間から奪ったのだが、この番組はひたすらこのシステムを開発させた人を称賛した。このシステムを開発した人がインタビューに答えて、鬼の首を取ったように誇らしげに言い放った。

「これからは、重労働や単純労働はＡＩがやって、人間はクリエイティブな仕事をやればいいんですよ」と。

「あの野郎、絶対に許さない。俺は命がけであの野郎が言い放ったような未来になんか絶対させない！　世の中には、それだけを長年やってきた熟練工がいっぱいいるんだよ。重労働が得意な人もいっぱいいるんだ。単純労働が得意な人もいっぱいいるんだ。逆を言えば俺みたいに熟練した製品しか作れない人や、重労働や単純労働しかできない人だっていっぱいいるはずなんだ。そんな人たちの仕事を奪ってクリエイティブだと。そんなもん俺にできるかよ。あのナイル巨大倉庫のＡＩシステムを作った奴。システムエンジニアだか何だか知らないが、あの野郎、ぶち殴ってやる」

自らの無力さをＡＩへの不満にぶつけた。

しらふになって酔っ払った時の「せいせいした」という解放感は全くなくなって、怒りに変わった。その落差に落ち込むと良からぬ発想に支配されてきた。このところの、社会に不満を持ち自殺願望のある加害者が、何のつながりもない人々をまきぞえに起こした大量殺人事件が頭に浮かんだ。犯人は自殺志願者。仕事や人間関係で社会に適合できない犯人が社会を恨んで誰でもいいから巻き込んで死んでやるといったあまりにも無責任な暴挙だ。そして、そういう事件は、やはり同じような境遇にある者が模倣した大量殺人事件が起きてしまった。社会にはこのような模倣予備軍の落ちこぼれ人間がまだ隠れているように思える。ある事件をきっかけに寝た子を起こされて模倣することはまたありうるかもしれない。社会から完全に落ちこぼれる人は将来も出続けるであろう。そして、その立河もそのうちの一人になるかもしれなかった。

そんな危険な心理状態の立河に、「ピンポーン」玄関チャイムが鳴った。ドアを開けると恵理だった。

「立河さん、仕事少しは慣れてきた?」今までの、よどんだ空気に押しつぶれそうな部屋へあまりにも爽やかに恵理が言った。

「これ、この間の鍵の日のお礼です」恵理は帰宅中、ショートケーキを買ってきたのだ。

立河は、恵理の前ではばからずに泣いた。

「どうしたんですか？」恵理は大の男が何故泣いているのか不思議だった。立河は恥ずかしさも全て捨てて声を上げて泣いた。涙で声にならない。（こんな16歳の少女がお礼だって。俺にお礼。もう感激だー）そう思って感極まったのだ。（こんな俺にも味方がいる）

恵理は、立河があんまり大げさに泣くので何だか怖くなって

「立河さん大丈夫？　これ置いときますからあとで食べてくださいね」恵理はそう言うとショートケーキの箱を置いてドアを閉めて自分の部屋に帰った。

それだけである。まったく、ただそれだけのことであるが立河は救われた。ひょっとしたら模倣した犯罪を犯しかねない立河の心境を恵理の優しさがぶち砕いてくれた。恵理は天使だ。

立河は自分の考えていた超過激な思考は洗浄された。立河はそもそも、根がいい

人なのだ。
正しい心を忘れてなかった。正しい心で明日に向かった。
恵理は一人の男を救ったのだ。

第四章

赤い靴

その頃、恵理の実家では相変わらずろくに働かない父・祐一と、DVを受け続ける母、智子の生活は続いていていた。智子は「この人は私が守るんだ」という固い意志で働き続けていた。

祐一は今朝も朝から島焼酎を飲んでいた。祐一は恵理がいなくなってから更にDVが激しくなった。この日、祐一は酔っ払うと突然前述したように妻といえども自分のパニック症状を真に理解してもらえないもどかしさがこみ上げてきてムカついていた。そこへ、智子が畑から帰って来た。祐一は飲んでいたコップを投げ付け

「早く飯作れ！」と理不尽に振る舞っていた。

「すぐ作るから待ってて」智子はいつものことなので、これ以上怒らせないように優しく言った。夕食はいつものように夫婦で会話のない味気ないものだった。

食後、智子は片付けた後、風呂に入った。

祐一は一人でテレビを見ていた。歌番組で、尾崎豊を特集していた。尾崎豊は丁度、祐一にとっては世代だったが、好きではなかった。

それは、尾崎豊の作品の詞が原因だった。『15の夜』にしても『卒業』にしても、非行を肯定するように感じられて嫌いだった。おそらく本来の詞の意味は、直接詞の意味を実践することではなく、信じられない社会、そして大人へのアンチテーゼをうたったものだろうが、祐一はあまりにも素直過ぎて詞の意味を直接受け取ったのだ。祐一はこのような男だ。ところがこの歌番組で初めて祐一の感情に訴えるフレーズがきた。『卒業』の、先の見えない自分の現状を切々と訴えるような一節に祐一は天と地がひっくり返るぐらい猛烈に感動した。このフレーズを自分で替え歌にした。「パニック発作を卒業して、本当の健康にたどりつきたい」という自分自身の想いを歌詞になぞらえて口ずさんでみると、一瞬にして涙が溢れてきた。パニックになれどもパニックになれども終わらない自らの症状を卒業して、本当の健康にたどりつきたいと願いを込めて何度も何度も何度も歌った。取り留めもなく泣いた。さめざめ泣いた。誰にも話せなくて、一人で。僅か14歳の発症からずっと悩み続けたパニックの発作。自分だけでパニック障害だと片付けているが、実際のところ、医者にもかかったことがないので真の病名はわからないのだ。パニック障害だかうつ病だか統合失調症だかわからないが、とにかく何かにあてはまらない精神病なのは間違いがないようだ。自身の症状は前述したように他人には絶対わからないぐらい辛い。この辛さが他人に広まると人類存亡の危機に陥る。何とか自分一人で耐えるしかないと一大決心してから、ずっと生きてきたから絶対に誰にも言わないのだ。発作は断片的であるがずっと続くものではない。とにかく忘れれば普通にしていられるのだが、思い出すと急激に不安になり発症する。もう何百回もこの症状で悩んできた。もう生涯、治ることはないとわかっている。わかってはいるが、『卒業』のあのフレーズに託したい。不治の病であろうが、歌詞にすがり付いた。

智子が風呂から上がった。なんと、祐一が泣いている。まだ泣き続けていた。あの替え歌を思い出す度、泣き止むことはなかった。

智子にしてみれば、祐一の泣くところは初めて見た。智子は理由を聞かなかった。あのいまわしい泥酔海難事故が原因であることは察しが付いているからだ。ただし、祐一の真意は、不治の病への辛さから泣いているので妻といおうとも本当の祐一の悩みはわからず二人の思いはすれ違い、長年にわたり勘違いしてしまってそれが既成事実になっている。

違う。二人の思いは違うのだが、智子は祐一をおもんぱかって抱き合って一緒に泣いた。祐一はその妻の優しさは受け入れた。ただし、真意は言うはずもなかった。二人はいつまでも泣いていた。

ところで、こんな状況の家族の在り方を両家の実家は何故、助けないのだろう。祐一の実家は母親の片親であった。そりゃあ、あの事故からそれこそ何十回も注意して更生させようとした。それでも祐一は意に介さない。もう、最終勧告をしたがそれでも変わらないのでほとんど勘当に近い状態なのだ。狭い島のことである。たまに会っても挨拶もしないでいる。

それでは智子の親はどうかというと、智子の場合も父親の片親で、「もうそんな男と別れて恵理と二人で実家に帰りなさい」と言い続けたが、智子はもう意地になっていた。「あの人は私が守るからお父さんは口出ししないで」と言って以来、こちらも勘当状態。狭い島とはいえ、この夫婦に限っては孤立していた。肉親でさえそうである。だから、それ以外の島民は小川家に関しては誰しも避けていた。

とにかく、祐一は事故のことよりも自らのパニック障害への恨みの方がよっぽど大きいのだ。誰にもこの症状のことを言わないから誰も祐一の本当の悩みがわからない。妻でさえ知らない。知らないで妻からわかったかのように同情されているので逆によけい腹が立ち、逆恨みからＤＶに走るのだ。

ところで、小川家の借金は、智子が開墾した畑からの増収に加え、恵理（父には居場所を知られたくないので住所は書かない。名前だけ書いて現金書留で送金している）からの仕送りでほとんどなくなっていた。智子は自分が働かないと、という強烈な責任感から持病は姿を消していた。自分でもびっくりするぐらいの健康体になっている。しかし、これは気持ち次第で、緊張が切れると突然悪化するという恐怖を秘めている。本来なら心臓病でいつ倒れても仕方ないところまでいっていた。それでも、農業機械を買う金も惜しんで人力で開墾し、作物を植え育て収穫した。体は疲弊した。更に、家に帰ってからの夫から受ける心理的・肉体的ダメージ。まさに、心身共に疲れていた。

さて、恵理は昨日の奇怪な立河の泣き方を気にしていた。

「立河さんは、仕事行ってないのかな？　今日は会わなかったけど、シフトが違うんだろうな。それにしても昨日の泣き顔はただ事じゃない。人知れず悩んでいるに違いない。私が温めてあげたい」

そう思って今日は菓子折りを買って訪ねた。

立河は部屋にいた。

「立河さんお礼のお礼で～す」

「悪いね。じゃ、いただきます」突然、立河は、菓子折りの箱を手に取り、その箱に噛みついた。

「いただきます」実は、立河はユーモアもあるのだ。昨日、すっかり恵理から生きる勇気をもらったので立ち直ってこんなギャグを披露した。

「あー、箱食べちゃダメ。立河さんったら。おもしろいのね」恵理は大うけして笑った。立河はこの時、思いついた。（俺を立ち直らせてくれたんだ。今度は、俺が何かをしてさしあげたい）そう思うと閃いた。

「今度の日曜日、横浜観楽島ランドへ行きませんか？」

恵理は工場が３６５日稼働しているのでシフト制だ。今度の日曜日は出勤だ。

「すいません、今度の日曜日は出勤日なんです。立河さんは休みなんですか？」

「俺は、あの会社、辞めたから無職」

「ありゃー。じゃまた就職活動？」

「面目ない」

「そうなの。それじゃあ、いつでもいいんだ。それなら私、明日休みだから、明日でいいですか？」恵理はまたしても男に無防備に即答した。北崎の凶行を忘れる訳ないのに。

「え、ほんとに。良かった。会って間もないから断られるかと思った。明日行こう。晴れたらいいね」

「ほんとですね」


こうして二人は翌日、横浜観楽島ランドで遊んだ。恵理の大好きな海だ。故郷の海とは全く違って濁っていて魚など見えようもない。しかし、恵理にしてみれば沖ヶ島までこの海は繋がってるんだと思うとやはりテンションが上がる。特に水族館で盛り上がった。立河は、海の生物に詳しい。だから首都圏に数あるアミューズメントパークの中からこの施設を選んだのだ。恵理は透明度が良い沖ヶ島にいるような黒潮に乗ってやってくる色鮮やかな魚たちを見て嬉しくなった。チョウチョウウオ関係からベラの仲間など、熱帯魚の群れが一つに凝縮されたスペースが楽しくてしょうがない。特に、サンゴ礁に見え隠れするクマノミには思い余って「かわいー」すかさず立河が「あれは、カクレクマノミ」実は、沖ヶ島は前述したように周りが断崖絶壁。僅かに漁港のある入り江だけは村議会の決議で泳げるようになっているが、入り江の中はサンゴ礁がない。だから、この入り江内を泳ぐだけだったので、熱帯魚の中でクマノミは珍しかったのだ。知識豊富な立河がいろんな質問に答えてくれる。「あれはトウアカクマノミ。頭が赤いから頭赤ね」

「へえー、おもしろいねー」

「これがコブダイ。こぶがあるだろう」立河は、説明すると、恵理がいちいち好反応してくるのにすっかり気を良くした。（こんな俺でも喜んでくれる人がいる）そう思うと少し自分に自信が持てた。そして、イルカのショー。

海を眺めながら昼食をとったあと立河は、恵理をもっと喜ばそうとアトラクションに連れていった。実は、立河はジェットコースター系は怖くて敬遠していたのだが、若い娘なら誰しも喜ぶであろう絶叫系のアトラクションに付き合おうと思っていた。

「どれがいい？　いっぱいあるよ」

「どれがいいかな？　どれもおもしろそう」恵理は、中学の修学旅行で行った千葉県にあるテーマパークを思い出し、やはり、絶叫マシーンを選んだ。恵理がまず選んだのは「スクリューコースターシースルー」だ。スリル満点。大人気の海上走行コースターだ。立河にしてみれば見るからに恐怖だが、恵理にすれば見るからにおもしろそうなのだ。

「これにするー」

立河はビビッていると悟られないように、

「楽しみだね」と平然を装った。

そして二人は乗った。立河にすれば、（乗ってしまった。知らんぞ）という気持ちだ。どんどん列車は上がっていく。立河は嬉しそうな恵理をしり目に（なんでこうやってじわじわ怖い思いさせるんだよ。どうせ怖いのは覚悟の上だ。えーい、ひと思いにやってくれー）と思いひたすらこのじわじわ登る時間を耐えていた。この種のアトラクションのジェットコースター系は、こうやってゆっくりゆっくり登って行き、乗っているお客さんの期待感を膨らませていき、ついに頂上、そしてグーンと急降下。ここで一斉にお客さんから「キャー！」絶叫マシーンの真骨頂を発揮する。立河は（早く終わってくれー）それぱっかり考えていた。

「キャー」と絶叫しながら恵理は楽しくてしょうがない。（キャーって言いながら何で女性は喜ぶんだろう?）と不思議だった。

するど、この絶叫マシーンの最大の売りである海の中へダイブ。しばし、海の中を走ってまた陸へ上がるのだ。立河はへろへろで怖くて目をつぶった。ついに最大の売りを楽しむことができなかった。立河はそんなことより早く着いてほしかった。対して恵理は絶頂感を味わっていた。

「キャー」「キャー」

そしてようやく3分間の天国と地獄は終わった。

「もーう、最高！　楽しかったね」

「そうだね」立河は腰が抜けたように歩いていた。立河はつくづく、絶叫系が嫌になったので、看板を見て恵理に

「次、あの観楽ランドタワーにしよう」と言った。恵理は、八景島を初めて見た時からこの島にランドマークのごとくそびえる観楽ランドタワーに乗りたかった。地上90メートルへ上昇しながら360度のパノラマを楽しむという、ゆっくり動く絶叫系ではないアトラクションだ。季節は2月下旬。よく晴れた日だった。季節がら、こういう好条件で富士山がはっきり見えた。同じ横浜市内とはいえ、一番南にある金沢区では、富士山の手前にある山がほとんど邪魔にならない位置にあるのでほぼ

全貌が見えるのだ。

「わー。あれ富士山ね。こんなきれいな富士山初めて見る」このアトラクションは二人とも楽しめた。


こうして二人にとって楽しい1日は終わろうとしていた。アパートは同じなので一緒に帰って、

「立河さんありがとうございました」恵理は無邪気に言った。

「いえいえ」立河はまだ別れたくなかった。

(小川さんは俺のことどう思っているんだろうな?)おじさんの純情だ。そんな立河に対して恵理はまだしっかり子供だった。立河を恋愛対象などとは思うはずもなく、ただただ、遊んで楽しかったという気持ちだけだった。

立河は実は、生まれてこのかた女性と付き合ったことがなかった。しかし、今日1日でますます恵理が好きになった。もちろん、恋愛対象としてである。部屋では、

つのる思いを他にやり場がないので友達に電話した。恵理は、顔のかわいらしさや何やらかんやらで、男が放っておけない少女であることがはっきりしてきた。

恵理と立河は進展もない。そして、ひと月が過ぎ、桜が咲き、お花見のシーズンになった。1年前、北崎と一緒に上野公園に花見に行った、その季節だ。横浜で一番有名なのが大岡川沿いと三ツ池公園だ。大岡川沿いは川に沿って桜並木が続く。京浜急行の鉄道も大岡川の近くを通っている。駅で言えば、日ノ出町駅から始まって黄金町、南太田、井土ヶ谷、弘明寺駅まで延々と続く。歩きながらずっと見て歩くとかなりの距離楽しめる。これだけの長さはおそらく日本一だろう。そこで立河は考えた。

「そうだ、小川さんをお花見に誘おう」まだ立河は就職活動中である。恵理の部屋を訪ねた。

「ピンポーン」

「どちら様ですか？」

「隣の立河です」今度は何だろう、とドアを開けた。

「こんばんは。小川さんの次の休みの日、お花見に行きませんか？」

恵理は、ついに、この「お花見」というワードに忘れていた過去（と言っても僅か2か月前のことだが）を思い出した。北崎に乱暴されたことを。実際は乱暴したのはチーマーで彼らは警察の捜査が及ばないように北崎に罪を全部なすり付けたのだが、何しろ恵理は後頭部をハンマーで殴られ、事件当日の朝からの記憶がないままなので北崎に乱暴されたと思い続けている。あの北崎からもお花見に誘われたことを思い出した。良い人↓お花見↓◯◯というワードを。◯◯とは、ずばり乱暴だ。

恵理は頭を抱えた。

「どうしたの？　都合悪いの？」いい人の立河がお花見だって言っている。また乱暴されると思ったが、断る理由が見当たらない。明後日は休みなので「明後日ならいいです」と答えてしまった。顔は不信感で硬直している。この時の顔を立河は見逃さなかった。（嬉しそうじゃないな）と。

「それじゃあ、明後日10時ね」と言ったが、どうやら好かれていないようなので、すぐにドアを閉めた。（おかしいな。観楽ランドであれだけ喜んでいたのに何であんな顔したんだろう？　本音は俺とは行きたくないんだな。やっぱり、親子ほど年が離れているから、一緒に歩くのも恥ずかしいんだろうな）こう思った。

それにしても観楽ランドから1か月。ずっと、恵理のことが頭から離れない。何とか恵理の気を引きたい。でもどうすればいいのか考えた。そして決断した。

（もう、貯金がなくなったよ。消費者金融で金借りてダイヤのネックレス買ってプレゼントしよう。サプライズっていうのを女性は喜ぶらしいもんな。指輪と違ってサイズとか関係ない貴金属がいいな。そうだ。ネックレスだ。）立河は恵理がさっき無表情な顔だったとは思えども、どうしても恵理と繋がっていたいので苦肉の策だ。

立河は、翌日、横浜駅西口の地下街で宝石店を探した。先程、消費者金融のロイフルのＡＴＭで借りた20万円を財布に入れ、地下街の案内嬢から宝石店を聞き、お目当ての宝石店に着いた。

（20万円までだな。お、これは５万円。こんな値段でもダイヤが買えるんだな）と探したらいいのがあった。

（18万円か。消費税込みで19万８０００円か。おおーぎりぎり予算内。ピッタリだな）立河は決めた。

「これください」店員がガラスケースを開けてその商品を立河に見せた。デザインがどうのこうのではない。立河にしてみれば、20万円の予算でピッタリのダイヤのネックレスが買えたことが大事だった。

「あの、プレゼントなのできれいなリボンで結んでくださいね」

すると店員は「これでいかがでしょうか」とうやうやしく言いながら包装した。

金を払って立河は店を出た。

「16歳といっても女性は女性だ。キラキラしたものは大好きだろう。あの娘、喜ぶだろうな」立河は得意の絶頂だった。

「ようし、これで勝負だ！」


そして、お花見当日がきた。貴金属の一切ない恵理に輝いてもらおうと、大岡川の桜並木までの間でダイヤのネックレスをプレゼントするつもりだった。約束通り10時にアパートを出発した二人は弘明寺駅に向かった。そして桜並木までの道すがら、

「小川さん、これプレゼント。ここで着けてお花見行こう。桜みたいに輝くよ」にこにこして立河は手渡した。

「開けてみて。気に入ってもらえたら嬉しいです」立河も立河で、消費者金融で金を借りてまでしてやっと買ったダイヤのネックレスだ。笑顔の奥には一か八かという気持ちが潜んでいた。

恵理は何だろうと思いながらリボンをほどいて箱を開けた。するとどうでしょ

う！　キラキラ光るダイヤのネックレスが現れた。恵理は心は子供っぽいとはいえ、16歳の女性だ。このプレゼントの意味は？　女の直感でわかった。（やばいやばいやばい……私はこれをもらうと、付き合うとか男と女の関係になるんじゃないかな？　困った。でも断るっていうのも悪い気がする。申し訳ないというか、気の毒というか。これはもらうべきか？　どうなのか？）

「ありがとうございます」と言うのが精一杯で受け取った。北崎のことを思い出したから顔は硬直していた。

恵理は、中を見てビックリした。見るからに高価な物だとわかる。それでもいただいてしまった。この後の展開が怖くなって、ダイヤのネックレスを身に着けることを躊躇していた。

「さあ、首にかけてごらん」

恵理は、立河に促され、やっと首にかけてみた。良い言葉が見つからず、その後の花見では、恵理は言葉少なく、笑ったりもできなかった。立河は、恵理があまりにもテンションが上がらない様子を見て、（プレゼントじゃダメだ。小川さんにもっと近づける起死回生の何かがほしい）と、更なる手を考えようとしていた。

盛り上がらない大岡川の花見は京急弘明寺駅近くからスタートして日ノ出町駅前まで続けた。その後、京急に乗って一緒にアパートまで帰った。

立河は（何でなんだろう。小川さんはプレゼントを喜ばなかったようだし、今までの無邪気な小川さんじゃなかった。やっぱり、俺が親子ほど年が離れているおじさんだから無理があるかな？）プレゼント攻撃が失敗したと思い後悔した。

「あーあ、消費者金融で金借りてしまったよ。就職もまだ決まっていない。俺の人生、この先、大丈夫なのか？」そう思っていたが、恵理にしてみれば、お花見ということで北崎の暴挙がフラッシュバックされていた。この時点で既に二人の関係は終わっているんだが、恵理はこのプレゼントを迷惑に思えると共に、もう立河と関わるのはよそうと決めた。

ところで恵理は、実は立河との関係どころじゃなかった。職場の上司、遠藤に夢中だったからだ。彼は、恵理の所属する乗本食品の洗浄係の係長である。イケメンであり、恵理の好みだ。今まで、野口・北崎・芝池・立河と、恵理を通り抜けていった男性はいるがイケメンなのは遠藤だけだ。

しかし、とんでもない男性に惚れてしまった。彼には奥さんも子供もいる。仕事の休憩時間の雑談で遠藤が妻子持ちなのはわかっている。わかっちゃいるのに何故？

恵理は、この乗本食品に入社して盛り付けの仕事でも調味料室の仕事でも、先輩社員から怒られてばかりだった。恵理は仕事のできない自分を責めた。しかし、人事部の小森の計らいで洗浄の仕事に異動することになった。

そこで驚いたことだが、遠藤はびっくりするぐらい怒らない人なのだ。性格はいたって温厚。洗浄室のトップが怒らないからナンバー2の作業員も穏やかだ。殺伐とした戦場のような雰囲気のない部署だ。恵理は、丁寧に指導してくれる遠藤に次第に惹かれていった。

そして、恵理好みのイケメンだ。妻子がいることがわかっていても、優しくされると（遠藤さん、私のこと好きなのかな？）と勘違いしてしまった。遠藤も遠藤で、恵理と目と目が合うとニコッとするし「かわいいね」なんて言葉で言ってくれるので、恵理は好き好き光線を送ってくれていると思ってしまうような仕草をする。

ある日遠藤は、休日なのに少しばかり所用があり、家族を連れて乗本食品の洗浄室に入ってきた。恵理はそれを見て（あれ？ 今日は遠藤さん休みじゃないのかな？）と思って顔を上げた。すると、奥さんと子供が後から入ってきた。奥さんは雑談で聞いている通りの姉さん女房のようだ。遠藤健人35歳。奥さんの由美は39歳だ。化粧が濃く、中年太り。その由美が洗浄室のみんなに言った。

「いつも主人がお世話になっています」

「あ、奥さんですか。いつも遠藤さんには良くしてもらっています」洗浄室の先輩田島が応答した。

恵理も「どうも、初めてお目にかかります」と大人な応答をした。この時、恵理は何だか健人が気の毒に思えた（遠藤さんの奥さんってもっときれいな人かと思っていた。それにあのお腹。太り過ぎ。遠藤さんにふさわしくないよ）と思った。その一方で、あっと言わせるような感情が芽生えた。（このレベルの女なら勝てる）という、小悪魔的な心が働いた。恵理は年齢の割に多少大人っぽく見えるが、精神的には幼いところがある。その恵理からは想像付かない発想だ。健人が気の毒に思えたから、自分が尽くしてあげたいという気持ちになった。健人はこのように母性本能をくすぐるようなところがある。遠藤一家は5～6分いただけで帰った。これから家族でアウトレットパークに行くそうだ。

恵理は、この5～6分で決意した。由美に対し、ライバル視することにした。しかし、これはとんでもない恋心である。まさか、この素直な性格の恵理が不倫に走るのか？

実はその夜、遠藤健人の妻、由美は、洗浄室で働いていた恵理に対してヤキモチを妬いていた。女のカンである。夫が、恵理に対して好意を持っているかのように見えたのだ。

健人が帰宅して早速、由美から

「パパ、あの職場のかわいい娘いたでしょう。あの娘に手を出したら許さないわよ」

と、チクリと釘を刺していた。ただ、健人はまさに図星であったので、

「何バカなこと言ってんだ。あの娘は16歳だぞ。淫行になるじゃないか。あり得ない！」と多少ムキになって言い返した。このムキになるところがよけい怪しく感じた由美であった。怪しいが、あえてこの話題は終わらせた。

この日を機に、恵理は、（いつか健人を振り向かせてみせる）という思いが芽生えた。芽生えたが、どうしていいのかわからない。日々、健人と話すにつけ思いはつのっていく。

そんな日々の中、健人は、恵理が自分に好意があることに気付いた。恵理は、健

人から遊ばれているのに、本気になっている。

健人は、イケメンなので女性にもてるほうだという自負がある。ただし、結婚してからは、あっさりと奥さんの由美の尻に敷かれることとなった。せいぜい、行きつけのスナックのママを口説くぐらいが関の山であった。

洗浄係にはおばさんしかいない。そこへ、16歳のかわいい恵理が配置されたのだ。健人は最初に見た時から嬉しかった。ただし、この時は彼女が仕事さえきっちりできたらという思いだけだった。（職場の花がぱっと咲いたぞ）と喜んだ。それが日が経つにつれ、恵理が自分に好意を持っているような気がしたからもう二人は両想いだ。やばいぞやばいぞ。決して許されない不倫という甘美な世界が顔を覗かせてきたぞ。

そして、来るべき日が来てしまった。健人が恵理にショートメールを送った。今晩、一緒に夕食に行きませんか、という内容だ。ショートメールを見た恵理は、遠藤一家と夕食を一緒にするのかと思っていた。ところが、指定されたＪＲ石川町駅の改札口に着いたら健人が一人で立っていた。

「小川さーん。こっちこっち」

「あれ？　ご家族が一緒じゃないんですか？」

「今日は俺一人。小川さんが仕事よく頑張ってくれているからご褒美。今日は中華街へ行こう。ごちそうするから好きな物いっぱい食べて」実は健人は夕食だのご褒美だのはどうでもいい。それよりも、その後、ラブホテルへどうやって誘おうか。そればっかり考えていた。ＪＲ石川町駅の中華街口とは反対側の北口はラブホテル街なのだ。

　健人は今までの恵理との会話で、恵理が男性と付き合ったことがないと聞いていた。ここが健人には重大事項だった。処女と性行為したことはない。男性と付き合ったことがない＝処女と、勝手に決め付けていた。奥さんの由美とはここのところ夜はご無沙汰している。行為はマンネリ化している。

　ただし、風俗も由美は嫌がるぐらいだから浮気なんてとてもとてもと思っていたが、今日の前に恵理がいる。仕事じゃなくプライベートだ。要は、食事を御馳走するからと誘ったら処女（健人の勘違いだが）がのこのこやって来たという訳だ。

恵理は健人一人だとわかり心の中でガッツポーズをした。（ラッキー。遠藤さんとデートできるんだ）これから健人を独占できることに歓喜した。

「私、中華街初めてなんです。いつか行こうと思っていたんですよ」

「行こうよ！」

「はい」中華街へ歩いた。恵理はカッコいい遠藤と二人で街を歩くことに嬉しくて、そしてドキドキした。

横浜中華街、日本最大かつ、東アジア最大の中華街で、約0・2平方キロメートルのエリア内に500軒以上もの店がある。1866年の横浜新田居留地から数えると150年強の歴史を持つ。テレビのロケのスタート地点として使われることの多い善隣門をくぐった。圧倒的な数の中華料理店をはじめとする店が建ち並んでいる。

「すごい人の数ですね」

「いつも人波は多いけど、今は夕食時だから特にね」

「どの店にしようかな？　こんなにいっぱいあると迷っちゃうね」

「そう、しばらくこの風景を感じながら俺の決めてる店に入ろう」二人は中華街大通りを歩いた。何だか天津甘栗を勧めてくる店員がやけに多いことに驚いた。

「あの栗はもらったらあと、しつこいから無視しなよ」

「そうなんですか？」

中山路に入って関帝廟通りを歩き、最後に揚子飯店という店に入った。麻婆豆腐をはじめとする四川料理を売りにする店だ。

「好きな物いっぱい注文してね」

「あのー、フカヒレもいいですか？」

「もちろんだよ」

「嬉しーい。前から食べたかったんだー」

楽しい夕食会だった。健人は、恵理が未成年なのでさすがにアルコールは勧められないから、酔わせて理性を失わせてホテルに誘うという手は使えない。何かいい方法はないものかと、未だ、いいアイデアが浮かばないでいた。すると、突然である。「私、遠藤さんのことが好きなの」恵理は、由美へのライバル心からまず正直に告白した。

酒を飲んだ訳ではないのに贅沢な夕食会の中で高揚感が生じたのだ。

健人は、目が点になった。まさか、目の前にいるかわいい少女から「好きなの」なんて告白されるとは夢にも思っていなかったから喜んだ。（この娘は、やっぱり自分に好意を持ってくれている。ラッキー！　さて、もう一つ決め手があれば、ホテルに誘えるんだが）健人は最後のひと押し。魔法の言葉を考えていた。恵理は素直に心の内を届けたんだ。そうしたら自分も素直に自分の気持ちを告げようと気付いた。今まで何考えていたんだろうと思えるぐらい素直に言うことにした。

「ごちそうさまでした」

「どういたしまして。これからも仕事に励んでくれよ。じゃ、払いは俺が」

「ありがとうございました」

健人が支払いを済ませて店を出た。

「そうだ、小川さん。ちょっと休んでいかないか？」この、ちょっと休んでいかないかというういかにも見え見えの言葉こそ魔法の言葉だった。女性に効く魔法の言葉なんて千差万別だ。恵理は健人に恋心を抱いている。それは、あの沖ヶ島中学校の担任の野口に抱いた幼くも淡い初恋とは違ったものである。明らかに恋する乙女そのものになった。見かけより幼いはずの恵理は、この間、好意を持った健人の奥さんを見た。健人には物足りない女に見えた。あの肥満体の奥さんじゃ気の毒に思っていた。そこへ、この魔法の言葉だ。

実は、恵理は食事中、（このままこの人と一緒にいたい）と思った。そして、どんどん惹かれていった。だから、この店を出てお別れだなんて嫌だなと思っていたところに魔法の言葉が放たれた。

「はい」恵理は素直に答えた。「休んでいかないか?」の言葉の裏にどんな意味があるのかうすうす気付いていた。この店を出ても一緒にいられることに歓喜した。健人は（あれ? 簡単に引っかかったな）と思いながら

「じゃ、行こう。石川町の駅の向こうまで歩こう」

「はい」恵理は短く答えた。今まさにデートしている現実にとても幸せを感じていた。

中華街から歩くと、程なくして石川町の駅だ。駅の手前の根岸線の高架をくぐるとホテル街だ。恵理は、「休んでいかないか?」の裏の意味をうすうす気付いていたが、もし、予測通り、体を健人から求められても（この人と一緒にいられるなら、どんなことをされてもいい）というように覚悟を決める段階でいた。

一方、健人は既に男根を勃起させていた。「この店で少し休んで行こう」

「うん」恵理は返事が「はい」から「うん」に変わった。しかも甘えた声で。健人は恵理の背中に腕を回してこのラブホテルの門をくぐった。自動ドアから中に入る

と大きな看板に各部屋内の写真がディスプレイされている。健人は「どの部屋にする？」などと野暮なことは聞かず、すぐに気に入った部屋をタップした。

　こういう所では男というもの、もたもたしていてはいけないことは知っている。ホテルの門から部屋に入るまで常にリードしていた。

　恵理は部屋に入ると、（ラブホテルってこんなんだ。ビジネスホテルと違うな。何だか大人になったような気がする。もう、遠藤さんにされるがままでいい）と腹をくくった。更に（どうせ、私は父に乱暴されて処女じゃないんだから、かまととぶってはいけない）と考えていた。

　二人はそれぞれ入浴した後、性行為に及んだ。恵理は処女じゃないとは言ってもロストバージンは父親からの性的ＤＶだ。乱暴にされ、恐怖だけだったから、女性器が濡れることなんていうことはなかった。しかし、今夜はまるっきり違う。今日、「好き」から「大好き」にランクアップした健人が相手だ。びっくりするぐらい濡らした。

健人は前技を大切にする男だ。何故なら、精力は弱い方なので、前技でいかに女性の性感を高めるかにこだわっていた。

健人は自らの男根を挿入してフィニッシュした。そして抜いた後、コンドームに血が付いていないことに気付いた。（何だ、この女、男女交際したことないって言ってたけど処女じゃないじゃん。俺は生娘とセックスしたかったのに騙された）と、期待外れな現実にすっかり興冷めした。騙されたなどと全く自分勝手な思考だ。この男はバカだ。初めての挿入で血の出ない女性は結構いるのだ。激しい運動などで処女膜が破れるってケースは意外に多い。しかし、勉強不足な健人。処女膜が鼓膜みたいに塞がっているものと勘違いして自分で勝手にシラケたのだ。

一方、性行為の高まりの余韻ですっかり満足して仰向けになっている恵理は正反対の気持ちでいた。（愛し合う二人は今夜、結ばれたんだ）と夢の世界にいた。

シラケた健人は甘えてくる恵理の顔を見ているうちに妻の顔が浮かんできた。更に娘の顔まで浮かんできた。家族という現実だ。（ヤバい。こんなことしてる場合じゃ

ない よ）と初めて気付いた。気付くと突然、罪悪感に襲われた。男とは実にずるい生き物である。こうなると、恵理なんか相手にしている場合じゃない。そそくさと服を着た。

「それじゃあ俺、帰るわ」

恵理は、体を許したのに行為後、突然冷たくなった健人の言動に驚いた。

「えっ？　まだ帰らないで」恵理は必死になった。

実はこの時点で、恵理が健人の奥さんと子供にどれだけ迷惑かけたかなんて感じていないのだ。それより、健人の心を繋ぎ留めないと、と一生懸命になった。

「ごめんね。俺には妻子がいる。これ以上、君と一緒にいることはできない」

「ダメー！　帰らないで」恵理は叫んだ。

「ここの金は払っておくから時間になるまで部屋でゆっくりしときなよ」何なんだ、健人の奴は。ゆっくりだなんて、そんなこと言わないでっていう恵理の気持ちも知らないでこのまま部屋を出るのか？

恵理は健人の突然の心変わりにすっかり傷付いた。それでも健人を引き止めようと必死だ。

「いやー、もう何回も逢ってなんて言わないから、そんなこと言わないでー!」この言葉を全部しゃべる中で、息が続かなかったのか「そんなこと言わない」までいったん途切れ、最後の「でー!」が、涙でろれつが回らなかったようで「れー!」になったのも悲しさを助長させた。

この展開は、ちょっと遊ぶつもりだった健人にとって重過ぎた。(これ以上、この娘に関わったら遠藤一家がヤバい。妻も怖い。とっとと帰ろう)と思ったので「さよなら」と一言言ってドアを開けた。すると、恵理が裸のまま走って来たので素早くドアを閉めると、走ってこのホテルを出た。

恵理は観念したのか、ひとしきり泣きわめいたら着替えして時間前にホテルを出た。

翌日から健人は、二人の間に何もなかったかのように、いや、それ以上、恵理には冷淡に接した。

そんな男女関係の修羅場にも似た思いをした後での立河からのダイヤのネックレスのプレゼントだった。恵理は健人にふられていたので、このハートブレイクの海に溺れそうな心境の中で、立河の気持ちに添える心の余裕など持ち合わせなかった。つまり、立河との大岡川の花見は、『花見』というキーワードに、北崎からの乱暴をフラッシュバックさせたことに加え、健人からの失恋のこともあり、全く楽しく感じなかった。

立河は、いっこうに盛り上がらない花見に前述したように意気消沈した。(俺じゃダメなんだ。プレゼントしたダイヤのネックレスが悲しい)おじさんの純情の渦に堕ちていった。

恵理は、健人からふられてからも、我慢して仕事を続けていた。それは、乗本食品の同期、倉沢の存在があったからである。恵理は気の置けない彼女にだけは包み隠さず話せた。健人に失恋した後、愚痴を聞いてもらった。そんな親友からある日突然、「交際中の彼氏の転勤に伴い、札幌について行くことになったんだ」と告げられたのだ。そのため、会社を退職することになった。恵理には大事な親友だ。だいいいち、この会社で働いた初日に「ある日突然、辞めたっていうのはなしよ」と言われて以来の親友だ。仕事も私生活も頑張ってこれたのは他でもない、倉沢がいたからだが、もう会えなくなってしまう。

そんな倉沢葵が札幌へ転勤する彼氏について行くことになったのは一つのドラマであった。前述したように、倉沢は彼氏である遠山大雅と同棲したいと思っていた。しかし、父親の倉沢樹生が厳しくてそんなことは言い出せなかった。大雅とはどんな男であろう?

葵は、高校を卒業して機械メーカーの事務員として働き始めた年の夏、同級生だった仲良し３人で、鎌倉の由比ヶ浜へ海水浴に行った。女子３人で海で遊んでいたところへ、同じく男子３人で海水浴に来ていたうちの一人から声をかけられた。声の主こそ葵がこれから付き合うきっかけとなった遠山大雅だ。
「ビーチボールで遊ぼうぜ」と、葵に声をかけてきた。ずばり、ナンパである。大雅自体はぱっと見、そんないい男ではないが、何だか楽しそうなので、すぐに意気投合。男女６人夏物語が始まった。その日盛り上がり、帰りの電車まで一緒だった。葵は、このまま帰ることが寂しかったので、みんなの前で
「遠山さんタイプです」と、唐突に告った。当時24歳だった大雅は、（ちょっと子供っぽい子に声かけたかな？）とは思っていたが、女性からの逆ナンである。子供っぽさは残るが、かわいい葵に逆ナンされて嬉しくないはずがない。すぐにメール交換して付き合いが始まった。葵は夢のようだったので嬉しくて家に帰ってから夕食時に両親の前で「あのね、今日、海でナンパされたの」と、屈託のない笑顔で話した。
母今日子は、

「お付き合いするの？」と心配しながらも、幸せそうな娘の話に興味を持ったので話が弾んだ。しかし、父樹生は全く違った。この家庭は、二人の女の子と妻に対し男は一人。いつも女性陣の話題にあまり入っていけなかったが、（海でナンパされたっていうのが引っかかるな。そういう軽い男と付き合うっていうのは反対だな）と思っていた。

やがて時が経ったある日、葵が両親に言った。

「今度の日曜日、私の彼氏が家に挨拶に来るの」笑顔で話す葵に樹生は（おいおい、ちょっと待ってくれよ）という気持ちだったが、1度会った上で二人の交際に反対しようと思って反対理由をまとめていた。

そして当日、大雅が挨拶しにやって来た。大雅は、大手警備会社に勤務して、営業の仕事をしている。法人に対して常駐警備や機械警備を提案する優れた営業マンに成長している。葵の両親に向かってもさすが優秀な営業マン、爽やかで礼儀をわきまえている。今日子は、（誠実そうでいいんじゃない）と思った。話も弾んだ。

そこへ、樹生がやっと持論を始めた。

「葵はまだ19歳だ。まだまだ世間知らずな娘だ。それに、海でナンパっていうのが気に食わない。遠山さん、あなたはそうやってこれからも葵のいない所で女の子にちょっかいかけるんだろう。私は二人の交際は認めない。別れてもらう」と、葵と大雅の愛の行方に暗雲が立ち込めた。

それでも二人は樹生には内緒で付き合って愛を育んできた。そして、葵21歳。大雅26歳の今年、大雅に会社から転勤の話が持ち上がった。大雅は、葵と離れたくなかったが、（いや、待てよ。これは逆に好機到来だ。既成事実を作ってしまえばいいんだ）と考えた。（そうだ！　転勤に応じよう。手っ取り早い方法なら俺が札幌に行く日、葵を連れて駆け落ちすればいいんだけど、そこはやはり正攻法でいこう）大雅は風が自分と葵に向かって吹いているのを感じた。

そして、大雅決断の当日がやって来た。この日のデートで大雅は葵に「俺は会社から札幌へ転勤命令が下った。葵、これは好機だ。お父さんにこの次の日曜日にちゃんとお話しするから一緒に札幌へ行こう。結婚しよう」「やっと言ってくれた」葵はもう離さないとばかりに大雅にキスした。

さあついに迎えたこの日、大雅は倉沢家で待ち受けた樹生と今日子を前に「私は札幌に転勤が決まりました。私は葵さんとの交際にけじめを付けに参りました。お嬢さんと結婚を前提に付き合ってきました。私はまだ見ぬ転勤先で暮らすため葵さんが必要なんです。必ず葵さんを幸せにします」と説得した。既に妻今日子と長女留美は葵の味方となって同席して後方援護を買ってでてくれた。この空気感の中、さすがに樹生は二人の結婚を前提に付き合うことを許した。「まだ、葵は21歳。まだまだ独身時代を謳歌してほしいんだが二人の意志が強いことに押し切られたよ。わかった。1度葵、北海道で二人の生活をやってみなさい。ただし、半年後二人が変わらず幸せに暮らせていたなら結婚すればいいさ」ついに樹生という山が動いたのだ。

葵は猛烈に感動した。「お父さんありがとう。私幸せになるために大雅さんについて行きます」こうして葵と大雅は困難を克服して二人一緒に札幌へ旅立つこととなったのだ。

ちょうどその日は、恵理は休みの日だったので、羽田空港まで二人を祝福すると共に見送った。

「倉沢さん、遠山さん幸せになってね」

「小川さん、あなたもね」

「メールしてね」

「うん、それじゃあ、行ってきます」こうして恵理の大事な親友は遠くに行ってしまった。

そんなある日のことだった。初めて仕事で健人から怒られた。あの一夜の前は恵理に対してあれだけ優しかった健人がだ。もう、こんな時に一番頼りになって愚痴を聞いてくれる倉沢はいない。ますます希望を失ってしまった。

恵理は、次の公休日、失恋で折れた翼を癒やすために、いつもの山下公園にいた。辛いことがあると、故郷の母、智子を思い出す。この日は、自分をふった健人に対し、きれいになって見返してやろうとの思いがつのり、目一杯化粧をして大人の雰囲気をかもし出した上に、智子に買ってもらった濃紺のスーツに赤いハイヒールを履いていた。いつものように光り輝く赤い靴に反して自らの心はくすんでいた。しかし、その赤い靴の輝きは傷心の恵理をけっこう元気にしてくれる。

「光ってるね」と言いながら、赤い靴をなぞった。目の前の氷川丸を繋ぐ鎖にはカモメとウミネコがびっしりと留っている。そこで、その鳥たちにエサをやっている見ず知らずのおじさんから声をかけられた。

「おねえちゃん、カモメとウミネコの違いわかる?」彼は言った。

恵理は、そういえば、普段何となく「カモメ」とか「ウミネコ」とか言ってるけど、違いなんてあるんだと初めて気付かされた。そんなことも、少しずつ失恋と友を失った悲しさを遠ざけてくれた。

そして、山下公園の海岸に沿って歩くと『赤い靴はいてた女の子』像の前にたどり着いた。その像の周りには観光客だろうか、カップルで写真を撮っている方々もいた。その像の前で恵理は突然声をかけられた。

「お嬢さん」後方からだったので恵理は振り返った。

「はい」恵理は、やはり初めての男性に対して全く警戒感がない。最近、発達障害という障害が社会に広まっている。恵理は絶海の孤島で生まれ育っていたからか、発達障害という概念を持たずにここまできた。厳密にいうと恵理の、初対面の男性に全く警戒心を持たないというのも、広義な意味での発達障害と言えるかもしれない。

恵理に声をかけたのは牧田悟という。恵理が濃紺のスーツを着て赤いハイヒールを履いていたので、どこかのＯＬと勘違いしたのだ。

振り返った恵理は、先述したように、健人への思いを断ち切るため、キツめのメイクで決めていたので元々、年齢より大人っぽい顔立ちの上に濃いメイクのため、20歳ぐらいのＯＬ風に見えた。牧田は（この女だ）と決めた。

実は牧田は、ワルキア共和国に日本人女性をさらって拉致監禁し、移送するブローカーなのである。ワルキア共和国は独裁国家であり、国内の少数民族に対して徹底的な弾圧を行いプロパガンダ（特定の思想・世論・行動へ誘導する意図を持った行為で政治の正当性を主張する）で国民を縛っていることから欧米をはじめ、日本などの民主主義国家からは国交を断絶されている。日本人を拉致する意図は、国の極秘工作員の日本語教育係にさせて日本語や、日本の習慣を教えるためである。

牧田は、拉致し、移送することで利益を得ていた。日本人の恥さらしだが、こういう人間が国内に存在するのは確かだ。牧田の背景には反社会的勢力が存在するため、牧田は安心してこのビジネスを続けていられるのだ。

牧田は恵理を20歳位と見切った。ワルキア共和国には、このあたりの大学生やOLが日本の習慣を教える教育係として最も需要があったのだ。

牧田は振り向いた恵理にこう言った。

「あなたは、現在の日本に満足していますか」

恵理は、(テレビの取材かな?)と思ったのですぐに答えた。

「日本には満足していますが、私は故郷の母のことが心配です」

「なるほど、お母様のことを心配していらっしゃるんですね。私のところへ来れば、必ず、あなたもお母様も両方、幸せになります」

「そうなんですか?」

「そうです。今まで私のところへ来た人は全員、幸せになっています」

「私のところ、ってどこなんですか?」

「そうですね。それではまず、あなたの心配事を聞いて差し上げます」

ここまで聞いて、ヤバい新興宗教だなと思わないのはまだ16歳、世間知らずのうえ、先程述べた発達障害の一人だといえるかもしれない。

しかし、この初対面の男性への警戒心のなさが、これから起こる壮絶な出来事への引き金となった。

「それでは、私の車まで一緒に行きましょう」

「本当に私の母も幸せになれるんですか？」

恵理は、故郷に残してきた母親が、今でもろくに働かないで昼間から飲んだくれている父から暴力を受けているんだと思っていて、常々、「お母さんがかわいそう」と公言もしている。母が不憫でならないのだ。ただし、恵理は性的ＤＶを受けた父には２度と会いたくもないので、現金の送金には父に居場所を知られたくないため現金封筒に住所は記入しないで名前だけ書いて送っている。それ以外に母を助ける方法がわからない。そんな話を、山下公園の外の駐車場に駐車している牧田の車の場所に着くまでしながら一緒に歩いていった。話の内容がいかにも切実なので牧田にとっては格好のお客さんだ。

「はい。だいたいわかりました。続きは車の中でしましょう」

「はい。私は母にしてあげられることがもっとあるんだったら、それを相談したいです」

「あ、この車だ。じゃ、入って」

「どこへ行くんですか？」

「横浜の波止場まで」

「え！　それって、童謡の『赤い靴』みたいですね」

「そうです。あなたは、山下公園の『赤い靴はいてた女の子』像にモデルになった少女が実在したことを御存じですか？」

「あ、それ知ってます。ここ、横浜なのにそのことを知らない人が多いみたいなんです」

「岩崎きみちゃんね」

「あ、そうですう。話が合いますね」

話が合うのは、牧田が訪販カラスだからだ。

住宅リフォーム、教材、ふとん、浄水器、太陽光発電、インターネット回線関連と、訪問販売の営業で、その時代の旬な商品を売る業界を渡り歩いたから、お客様との会話のキャッチボールは得意中の得意だからだ。牧田は今まで、塗装が流行れば塗装に、太陽光発電が流行れば太陽光発電に、インターネット回線が流行ればインターネット回線にと、流行が去れば次の業種に移り歩いて稼ぎ続けたのだ。しかしさすがに、インターフォンキックという、玄関も開けてもらえないで断られる昨今だ。昔日の稼ぎができなくなってしまった。何しろ、歩合でガンガン稼いで、稼いだら稼いだだけキャバクラなど風俗やギャンブルで金を湯水のように浪費し、貯金もしない生活に慣れてしまって贅沢できない生活が考えられなくなった。そんなある日、行きつけのキャバクラで、牧田に付いたキャバ嬢から新しいビジネスがあると聞いて、その話に飛び付いた。そして、このワルキア共和国のブローカーになった。訪問販売で身に付けた会話のキャッチボール力をフルに活かした。そんな訪販の猛者が恵理に取りついた。獲物の弱みや悩みなどに付け込んで、さも親切に話を聞き、クロージングに持ち込むのだ。恵理の場合は、父祐一からＤＶで苦しむ母智子がかわいそうと、横浜に来てからも常に心に刺さっていた。その悩みを牧田は聞き出した。まさにプロだ。

恵理は、車内でもこの牧田の会話術の術中にはまって、身の上話をいくらでも続けた。

牧田にしてみれば、この20歳位に見える恵理は、赤子の手をひねるぐらい簡単だった。会話の引き出しは無尽蔵にあるからだ。

牧田は絶対に今日にこだわった。もし、ここで恵理を一旦帰して後日お迎えするとなったら、恵理が心変わりする可能性が高い。何故なら、他人にこのことを話すから折角マインドコントロールしかけた苦労がご破算になる恐れがあるからだ。即決が何より肝心だからだ。即決、それは訪問販売の鉄則だ。

マインドコントロールを固めるために更に人間関係・信頼関係を深めようと牧田は恵理を食事に誘った。関内の高級寿司店だ。

「小川さん、ワルキア共和国にも日本食レストランはもちろんあるけど、日本を離れるにあたり今夜はお寿司にしましょう。個室があるので気兼ねなくゆっくりできますよ。もちろん私がごちそうします」

「本当ですか。何から何までありがとうございます」

「何でも好きな物注文してね」牧田はこのクロージングの仕上げにかかった。身振り手振りを使ってダイナミックに話し、恵理は完全に牧田を信用した。マインドコントロールされた恵理は、やっと母親に孝行できると信じ、安心してこの先の水先案内人を牧田にゆだねた。

「わーっ、ぷりっぷり。美味しいですね」恵理は素直に高級な寿司を味わった。

牧田と恵理は高級寿司店を出た。そして車を走らせた。もちろん車内でも最後まで牧田は手を抜かない。ワルキア共和国に行けば母親を救うことができると、恵理の夢を更に膨らませた。車は横浜市金沢区の人気のない海岸に着いた。福浦の岸壁だ。

「さあ、着いたよ。これから船に乗って、お母様が幸せになるためにみんなと一緒に行こう！」

「船で行くんですか？」

「着いたらそこは幸せの国だよ」

船内には、ワルキア共和国籍と見られる、明らかに日本人には見えない乗組員がいた。

「この船の乗組員は船長をはじめ、全員異人さんだよ。いじんさん。偉い人と書いて偉人さんね」

「えっ？　偉人さんですか？　みなさん日本人じゃないようですけど、偉い方たちなんですね」

「そう。今の日本じゃ、お母様を幸せにはできません。そこで、この船に乗って幸せをみんなと探しに行こう！」

次々に説得力のある言葉を立て続けに発する牧田。恵理は、この牧田の言うことを聞いていれば、母親を幸せにできるんだと確信した。

しかも、全員偉人なのだから。

「それじゃあ、この踏み板を歩いて船に乗るんだ」

歩いて行くと、牧田が来ない。

「あれ？　牧田さん、一緒に来ないんですか？」

「ああ、私は、また戻って、人々を幸せに導いていかないといけないない使命があるんだ。その困っている人たちが待っているから」

「そうですね。困っているのは私だけじゃないもんね。それじゃあ、牧田さん頑張ってくださいね」

「このあとは、船の乗組員はみんな偉人さんだから安心してね」

「何から何までありがとうございました」

船は、横浜の波止場から出航した。


それから恵理は、ワルキア共和国へ渡って工作員の教育係となるべく、ワルキア語をはじめ、ワルキア共和国の習慣や歴史について勉強していくことになった。ところが、学校の教員が恵理の学力のなさに気付くのにあまり時間はかからなかった。何しろ恵理は、沖ヶ島の学校では、学年で常に最下位であったから無理もない。恵理は、もともと頭は良くはない。それに加え、ろくに働かない父親の分まで智子の農業を手伝って家計を支えてきた。学校から帰るとすぐに畑で働いていたから勉強がおろそかになっていた。結果、学力に関しては劣っていたから無理もない。

そして、ついに恵理の学力のなさが露呈することになる。

ワルキア共和国の恵理の教員は、教育時間が無駄になるからと早期に決断した。

そうなると極めて厳しいその後が待っていた。

政府は、恵理の能力に見切りを付けた。それからの恵理の転落には目を覆うばかりであった。恵理は、教育係からは解任されたが、黙って日本に帰すなんてあり得ない。極秘の計画が漏れてしまうからだ。ただし、殺すまではしなかった。殺さないだけいいだろうという温情をかけて、売春宿に売られたのだ。使えなくなったらポイ捨てである。政府にすれば、また新しい能力のある人材をさらってくるまでだ。

売春宿に売られた恵理は、覚せい剤を注射され続けていた。ほぼ無休で無給で働き、しかも国家の監視下に置かれていたので売春宿から1歩も外に出られなかった。何しろ国のダークな部分を知られてしまったから逃がさない。飼い殺しなのだ。

その頃になると、恵理はやっと自分が騙されていることに気付いた。最初、牧田と約束したはずの、母を幸せにしてくれるという話など、そんな話は1回も聞いてもらえなかったからだ。しかし、もう逃げられない。監視下で金もなく、しかもシャブ漬けだ。覚せい剤の効力が弱まると幻覚・幻聴に悩まされ、やがては廃人になりそうだ。たまらず、体を売って働き、その代償として覚せい剤を打ってもらう。この負のスパイラルで恵理の体と心は蝕まれていった。

「もう、日本に帰して」と泣いてすがり付いても誰も振り向いてはくれない。恵理は現実の残酷さに気が狂いそうだった。


一方、沖ヶ島の恵理の実家は大変なことになっていた。何と、あれだけ恵理が気にかけていた母、智子が脳梗塞で倒れたのだ。いきなりだったので夫の祐一をはじめ、島の人は驚いた。実は、これには伏線があった。智子は、この年の村の定期健康診断で最高血圧が２００を超えたのだ。

しかし、「自分がやらなきゃ誰がやるんだ」と、昔の体が弱い自分に決別した日から、突然芽生えた強い心。それは、どんなに疲れても決して寝込まない強い体まで手にしていた。「高血圧自体は病気の名前じゃないから」と常に自分に厳しくあたった。智子は薬も飲まず農作業に励んだのだ。
祐一はとりもなおさず智子の労働力に頼るしかなかったのでその件は放置した。ただ、強い心だけでは、もともと病弱だった体が維持し続けられはしなかった。ついに倒れたのだ。智子は前兆に気付いていた。運動障害だ。左半身に力が入らない。歩いている時に何だか、体が傾いているような感覚があった。しかし、それでも病院に行かなかった。病院で正しい治療法を聞いておけばひょっとしたら防げたかもしれない。それでも右利きの自分には「まだまだやれる。やるしかない」と、気丈でいた。普通の人間でも無理は禁物なのに、もともと病弱な智子が無理を蓄積し過ぎた。

今まではこの祐一智子夫婦は両方の実家から勘当同然であったにせよ、さすがに、今度ばかりは気にかけられることになった。智子の父正司は、妻を亡くして一人暮らしなのだが、智子は自分が引き取って介護すると言い寄った。実は、正司は、祐一の例の事故以降の奇行奇言について激怒し、娘の智子を腕づくで実家へ連れ戻そうとした。その時、意外にも智子の抵抗にあい、ひと悶着あったのだ。智子は実の親に言い放った。「この人は私がいなきゃダメなの。別れない」と。この時の智子にはすっかり閉口した正司は何だかこの夫婦に自分の入り込む隙がないような空気感の中、「お前とは勘当だ。勝手にしろ！」と口が滑ってしまった過去がある。そこへ風の便りで知った娘の脳梗塞。ただちに勘当を解いた。しかし、正司は池中土建という、島では大きい会社で現場監督をやっていたので、今まさに公共工事で現場が回っている最中なのだ。智子は八丈島の病院に入院していると聞いたが、先の豪雨災害で崖崩れがあり、漁港への道路が埋まってしまっている。正司はこの災害復旧工事にかかりっきりなので智子のところに行きたくても行けないぐらい忙しかった。

また、祐一の実家も、前述の事故以来、祐一が激変したことに対して注意しても注意してもいっこうに改善しない祐一に最終勧告までした。それが受け入れられなくてこの一家も勘当している。それが祐一の電話で智子が脳梗塞で倒れたことを知ることとなった。勘当して以来、1回も電話がきたこともないのに慌てた声で「母ちゃん、智子が脳梗塞で倒れて町立南海病院に入院した。助けて」と電話があった。祐一の実家もやはり、片親を亡くして母、春美だけとなっていた。春美は、祐一自身が町立南海病院へ行けばいいじゃないとは思ったが、やっぱり自分の腹を痛めた子が頼んでいるんだからと今回ばかりは温情をかけて、

「しょうがないね。私が智子さんを看てあげるから。あなたは船を使わないんだから すぐに売りなさい。そして、智子さんのやっていた農業をやりなさい」と諭した。

しかし、祐一は聞かない。

「船は漁師の命だ。そんなこと父ちゃんの妻だったんだからわかるよね。売る訳ないじゃん。農業は俺には似合わないからやらない。それより土地を売る」と、自分の持つパニック障害で八丈島へ渡ることができないのは自分しか知らない事実だ。こうなったら、強がって寄りもしなかった実家の母に頼むしかないと観念したので

はあるが、相変わらずわがまま言い放題の祐一だった。

智子は部屋の中で倒れた。第一発見者は祐一で119番した。沖ヶ島のヘリポートから八丈島のヘリコプターで移送され町立南海病院に救急搬送されていた。この時点での智子の症状が、この病院で対応できない重篤患者とまではいかなかったので本土までの移送はされなかった。一命は取り留めてこの病院の内科で入院治療中であった。そこへ、春美が看護に来たので智子は驚いた。自分と同じように、祐一は親から勘当されていたと思っていたからだ。ただ、夫はついに来ず仕舞いだった。夫の冷淡さは相変わらずなので諦めていたが、まさか義母が来てくれて面倒をみてくれるとは思わなかった。

そして、晴れて退院となった。嬉しい退院の日だが、やはり祐一はやって来なかった。

それより智子が気になったのは、倒れる前に気になっていた左半身に麻痺が残ったことだった。そのため、いくら左足や左腕を動かそうとしても全く動かない。自分の意志でどうにもならないのが夫の改心と左半身の二つになった。とても農業できる体ではない。こうなると、祐一に決断の時が迫られた。小川一家の主たる収入源であった智子が農業できないのだ。農業はおろか、家事、更に日常生活にも支障をきたすようになったからだ。ところが、祐一はそんな状況に陥ったにもかかわらず、酒を飲んだくれていた。その金の出所は、智子の父正司の見舞金である。正司は仕事で八丈島へ行けないことから金を出した。町立南海病院の金も全額支払った。見舞金も送った。それでも自分の見舞金で飲んだくれている祐一についに切れたのだ。

正司は祐一一家の家に殴り込みのような剣幕で行った。やはり噂通り、祐一は昼間から飲んだくれている。正司はそのていたらくに怒鳴った。

「この野郎！　仕事もしないで昼間から酔っ払ってんじゃねえ！　てめえ、智子の事をどう思ってんだ！」

もう泥酔に近い祐一は

「俺の妻ですけど」と返した。

なめられたような言葉に怒り心頭な正司は、

「そんなこと聞いてるんじゃねえ！　もういい！　智子は俺が実家に引き取る。すぐに離婚届突き付けてやるから顔洗って待っとけ！」

「できるもんならやってみろ」祐一は智子がどこまでも自分に尽くすことを知っていたので、婿としてかわいげのないことを言ってしまった。当然、正司は激怒。台所に一人いた智子を抱っこして玄関に向かった。智子は祐一との生活に覚悟を決めていたので逃げようとした。しかし、左半身麻痺で不自由な体だ。いくら暴れても正司にしっかりホールドされて家を出た。実家までは僅か150メートル程度である。その道のりを正司は走った。

しかし、智子からの抵抗は凄まじい悲鳴であった。

「お父さん、下ろして。祐一さんのところへ帰して」断末魔の悲鳴が響きわたるかのような状況だったが、沿道の島民は、小川一家とその実家に対して村八分にしていた。

もともとこの島の人々は絶海の孤島であるが故に、物々交換など島民同士の交流は、とても盛んであったが、こと小川一家周辺となると、関わりたくないので見て見ぬふりを決め込んでいたのだ。

智子の実家に着くと、正司は優しく智子を下ろした。

「さあ、これから村役場で離婚届をもらって来るからすぐサインしなさい」

「前にも言ったでしょう！　あの人には私が必要なの。離婚なんてしません。早く帰して」

「お前な、あの野郎はアルコール依存症だぞ。もう多分、肝臓やら胃やらがぶっ壊れてるんじゃねえか。お前は自分を大事にしろ。東京へ行った恵理の親権だけ持てばいいから」

「別れません」

「お前、まだわからないのか。あの事故の後からあいつが奇行に走るようになったから、俺はお前を1度離婚させようとしたよな。その時もお前は言ったぞ。祐一さんには私が必要なの。必ず立ち直らせてみせるって。あれはそう、7年ぐらい前だよ。しかし、今見たけど、全然立ち直ってないじゃないか。もう俺もお前も限界なんだよ。縁を切れ！」

「切らない。切れる訳がない」

「何で？　あんな仕事もしないで昼間っから飲んだくれている野郎に情けをかけちゃダメだ」

「お父さんね。今はっきり言うけど、祐一さんには、地の底から吹き上がるような辛さと戦っているように思えるの。すごく悲しい運命の下に生まれた人なの」

「何が、戦ってるんだ？　酒に逃げているだけじゃないか。弱虫野郎なんだよ。何だその、地の底から吹き上がるようなとか、新興宗教か？」

「お父さん、祐一さんは、みんなが言っているような、あの事故の後、捨て鉢になっただけじゃないの。それより前から私は気付いていた。祐一さんには得体の知れない不幸があるの。私は、一生かけてあの人の傷付いた心を癒やしてあげたいの」

「お前、何言ってんだ。いいか、もう十分尽くしたじゃないか。その結果、お前が病気になってしまったんだぞ。いいか、もう十分お前は頑張った。もう、自分を責めるな」

「あのね、お父さん。きっと人には一人は味方がいるの。私があの人の味方になるの」

「は？　それでもまだ目が覚めないのか。やっぱり新興宗教か！」

「私とあの人は一蓮托生《いちれんたくしょう》なの」

「何だよ、そのたくあんみたいなのは？」

「心の強い結び付きのことよ」

「ああ、一心同体のことか」

「一心同体とは、単に絆が深いことを表すけど、一蓮托生は、『運命を共にする』というもっと強い意味なの」

「何だ？　お前、やけに難しいことを言うようになったな。お前はあの野郎に洗脳されているんだ。目を覚ませ」

「それは無理よ。お父さん、私とあの人の歴史は長いの。あの人の冷え切った心は私が温める」

「何でかな、何でお前はそんなに不幸へ急ぐんだ？」

「私、神様から与えられた使命なんだって気付いたのよ」

「もういい！　勝手にやれ！　俺はその新興宗教みたいなのは大嫌いだ。1ミリもお前がわからない」新興宗教とは関係ない。智子独自の考え方であった。

「お父さん、ごめんね。これが私の生きる道なの」

「わからん。どうしてもわからん。もうお前に干渉しない。しょうがない家まで送ってってやる」

「ありがとう、お父さん」

折角娘のためにと思ってやった行動なのに、思いもよらない結果となった正司は全く釈然としなかったが、娘の強烈な意志の強さを思い知ったことだけは確かだった。

他方、祐一の母春美は春美で息子が心配だ。祐一はろくに働かないから、嫁の智子の農業に頼っていた。その智子に障害が残り、農作業はおろか、家事も難しい体となった。女手が必要だ。自分が何とか手を差し伸べなきゃという思いで、町立南海病院で泊まりがけで介護した。更に、祐一がいつまでたっても見舞いに来ないうちに退院が決まったので、沖ヶ島の小川家まで肩を貸しながら帰してあげた。

「智子さん、あなたはいいから。私がやるから」炊事の準備をしようとした智子に言った。

「お義母さん、ごめんなさい」智子は麻痺した左半身を思うと悔しかった。智子と春美は結婚当時から馬が合わなかったから、智子は春美に世話にならざるを得ないことを快く思わなかった。しかし仕方がない。春美からは入院中はまだしも、智子の家に帰ってから春美から心ない言葉が会話の節々にかけられた。

「智子さん、休んでいなさい。どうせ何の役にも立たないんだから」

智子は智子で気丈に答えた。

「私は、町立南海病院の先生から、リハビリしっかり続ければ、左半身の麻痺が治ると言われていますから。それまで申し訳ないですけどよろしくお願いします」

「女もこうなったらダメね」

「お義母さん大丈夫ですよ。私、右腕・右足が使えるから、家事は手伝ってもらわなくても平気ですから」

「何、無責任なこと言ってるの。何かあったらどうするの？　祐一がかわいそうでしょ」春美は智子を責めた。

「本当に大丈夫ですよ」

「はいはい。そういう訳にはいかないよ」

ギスギスした会話だが、左半身は動かそうと思ってもピクリとも動かないのが現状だ。情けなくて泣きそうになるのをこらえた。ここは、ありがたく思わなきゃと、智子は春美の手伝いに素直に甘えようとした。甘えようとしたが、春美の言葉には棘がある。

「リハビリでもし、治らなかったら祐一は実家に戻しますからね。その時には離婚してもらいますよ」血の通わないようなことを言うが、まんざら的は外してはいない。

その頃、恵理は薬物依存症に悩んでいた。

というか、「こんなことしていたら母を助けてあげられない」そう思うと、何とかしなきゃと思っても幻聴・幻覚に襲われ、その度に覚せい剤を注射して、その場だけを解決させていた。なんと、父と娘で共通項があるのだ。パニック障害を酒で克服せざるを得ない父祐一に、覚せい剤の禁断症状を覚せい剤で克服せざるを得ない娘恵理。何かに依存せざるを得ないことで共通した。ただし恵理は父が地の底から吹き上がるような不幸を背負っているだなんて言ったことがないから、父へは憎悪だけで、共通項なんて思うよしもなかった。しかし、血の繋がった親子だ。依存症という共通項からがんじがらめに縛られて逃れられなくなっていた。

恵理は、売春宿の監視の手から逃れることができないので、今日も客を取り続けていた。

下世話な話だが、覚せい剤が効いている最中の性行為は、口では言えない程の快感がある。この僅かの間のキメセク（覚せい剤等を使ったセックス）だけは、1度その快感を味わってしまうと抜け出せなくなる。しかし、薬の効果が切れると、脱力感・疲労感・倦怠感に襲われ、使用を続けていると幻覚や妄想が現れたり錯乱状態に陥る悪魔の薬物だ。ワルキア共和国、日本とは遠く離れた空だが、海では繋がっている。恵理はもうここから逃げられないと観念しているので、横浜中央図書館で読んだ、童謡『赤い靴』の逸話を思い出していた。不治の病、結核が重症化し、海の見えない麻布十番の病院でアメリカに渡った養父母を思って見えない海を眺めた「きみちゃん」のように、海の見えないワルキア共和国の売春宿から、海の向こうにある遠い国日本を思って眺めていた。

「お母さん、ごめんね。私はもうここから逃げられない。お母さんを助けてあげられない」

遠い日本の母を思って泣き続けた。泣き続けていても覚せい剤の効力がなくなると禁断症状は襲ってくる。

「もうダメだ」帰れない日本。遠い日本。


さて、半年後、沖ヶ島の恵理の実家では、智子が今日もリハビリに励んでいた。担当医師に言われたように、もうある程度左半身の感覚が戻ってきている。

「お義母さん、今日、左手でお茶碗が掴めるようになったの。もうすぐよ」

「良かったねえ。完治したらまた農業できるようになるのかしら？」智子のリハビリの経過が良いので、春江は離婚させようと思っていたのだが、最近はまんざらではない。家事も畑もできるようになって、また稼いでくれるんならという気になってきた。

そこへ祐一がやって来た。まだ午前中というのにいつもの島焼酎の入ったコップを片手に。

「智子、だいぶリハビリの効果が出てきたね」

ホロ酔いだ。祐一はこのホロ酔い段階では陽気な場合がある。

「もうすぐよ。畑ができるようになったら、またお父さんを楽にしてあげるから」

智子はどこまでも前向きで、どこまでも優しい。

「智子さんがこう言ってくれるんだから祐一も漁に出るのは諦めて一緒に畑やればいいのよ」この頃になると春美は智子のリハビリへの頑張りを評価していたので、物わかりのいい義母のようになってきた。息子の幸せを思う母だ。

「いや、俺は農業はしない。さて、今日は海が時化ていないからこれから漁に行ってくるよ」

「ごめんなさいね。智子さん。息子はどうしてもお父さんがやっていた漁師以外の選択肢がないのよ」

「お義母さん、大丈夫ですよ。私はあの人の心の傷が癒えて思う通り漁業ができるように頑張りますから。内助の功ですよ」

「私は、智子さんを見損なっていたようね。今までキツいこと言ってきたけど、ごめんなさいね」

「いいんですよ。私はいつまでも祐一さんを支え続けますから」

智子と春美は雪解けの季節を迎えようとした矢先、智子を再度不幸が襲った。リハビリもあと少し、と思っていた頃だった。智子はリハビリの途中、目の前が真っ暗になった。前回倒れた時のような初期症状は全くなく、即、意識を失った。丁度、祐一が昼前の飲酒でホロ酔いの時だった。

ドタンという何かが倒れたような大きい音に気付いた祐一が振り返ると智子が倒れている。祐一は、飲んでいたコップを放り捨てて駆けつけた。智子はピクリとも動かない。

「智子、しっかり」前回も経験がある祐一はまず、息をしているか？　脈はあるか？をチェックした後、119番通報した。そして、見よう見まねでマウストゥマウスで人工呼吸し、心臓マッサージを続けた。

前回のように八丈島からヘリコプターがやって来て、沖ヶ島のヘリポートに着陸した。直ちにストレッチャーに智子を乗せた。救急救命士が言った。

「あなたは患者さんの旦那さんですか？　さあ乗って」

ところが、祐一は閉所恐怖症でまた症状が出るからということで乗れる訳がない。ヘリコプター内で気が狂って暴れるだろう。断った。救急救命士は驚き、「なんて冷たい人」と言うのが精一杯。1分1秒を争う状態だったので智子を乗せたストレッチャーをヘリコプターに固定するとすぐにハッチを閉めて飛び立った。

今回の智子は瀕死の状態であり、町立南海病院では対応できないので、すぐにドクターヘリで本土にある東京都立山手南病院に搬送された。そしてＩＣＵに運ばれて緊急オペとなった。

緊急オペでは予断の許せぬ手術となったが、心臓が弱り過ぎて手術は諦めざるを得ない状況であった。智子は今までの心労がたたり、脳血栓だけでなく心臓機能も弱っていた。それに加え、もともと脳梗塞の誘因となった高血圧。医師団は最善を尽くしたので一命は取り留めたが、意識は戻らず智子はいわゆる植物状態になってしまった。

そして小川家に電話がかかってきた。東京都立山手南病院からである。

「もしもし、こちら東京都立山手南病院です」

「はい、小川ですが」

「ご主人さまですか？」

「はい。妻はどうなんですか？」

「最善は尽くしましたが、奥様はいわゆる植物状態です。目を開けることはできますが、話すことや思考することはできません。ですが数週間後、回復する可能性がありますので気を落とされないように」

「生きているんですね？」

「はい。ただし、植物状態の場合、介護が必要です。24時間体制で医療のサポートを受ける必要があります」

「それで、お金はいくらぐらいいるんですか」

「医療費の負担はどうしても高額なものになってしまう可能性があります。それについてはどのような方法を取るか、ご主人に直接ご説明したいので、この病院にいらしてください」

祐一は植物状態と聞いて、前回の脳梗塞と比べてただ事じゃないと思い、本土行きを決断することにした。植物状態は、回復するかどうかもわからず、先の見えない治療となるため家族にとって精神的な負担に加え、経済的な負担が大きいのだ。ただ、現在の医療では、植物状態を劇的に回復させる治療はないので延命治療が中心になる。人工栄養法などによって延命しながら回復を待つという治療法を取る場合がほとんどだ。費用の面では、状態や受ける治療などにより毎月の医療費は変わってくる。こういった場合に日本には高額医療制度がある。

「はい。行きます。3日後になりますが、フェリーと飛行機を乗り継いで行けます」

「それでは、その日に説明させてください」

「よろしくお願いします」

祐一は、3日後に病院へ行くことにした。祐一にすれば命がけの決断だ。実母春美だけに頼むという状況ではないので、前にやった奥の手で行くことにした。やむを得ない。その方法しかない。島焼酎をガブ飲みして泥酔状態で交通機関を乗り継いで行くことだ。まともな人間の発想ではないが、この方法しか考えられない。

3日後、泥酔状態で祐一は智子の入院している東京都立山手南病院に着き、担当医から直接説明を受けた。担当医は（こんな生死に関わる大変な時に泥酔しているなんて、何て不謹慎な人だ）と嘆いたが、与えられた使命である。きちっと説明を終わらせた。

祐一は実家の春美に電話して、さしあたって必要な現金を送ってもらうように段取りした後、目黒のビジネスホテルに泊まることにした。しかし、祐一は慣れない大都会に一人でいることに耐えられず、しかも先程、智子について説明を受けたことへの心労も加わりいつものパニック発作が起きた。何と、まだ十分酔っ払っているにもかかわらずだ。（酔っても症状が出てしまった。もう俺はダメだ）そう思うや否やたまらず祐一は目黒駅近くの居酒屋でまだ酔っているところへ迎え酒をした。酒を浴びるほど飲んだ。当然のごとく泥酔して記憶のない状態で目黒のビジネスホテルで眠った。

しかし、いつもなら泥酔して寝ても、翌日起きた時にパニックはなくなっているのにこの日の朝は起きるとすぐパニック発作に襲われた。まだ酔っているような状態だが、まだ酔った状態でもパニック発作が止まらない。祐一は発作の強さに耐えられず、たまらずこのホテルの自動販売機に駆け込み、ワンカップの日本酒を立て続けに3杯、ラッパ飲みした。それでやっとパニック発作から解放され、智子の見舞いに病院へ向かうためタクシーを呼んだ。

そのタクシーに乗って移動中、智子の症状が悪化した。心停止だ。医療スタッフは力の限りを尽くして心臓マッサージや電気ショックなどありとあらゆる手段で蘇生させようと手を尽くした。まだ数分以内であったため、何とか蘇生させることに成功した。成功はしたものの残念ながら脳死状態となってしまった。植物状態は、脳幹の機能が残っていて、自ら呼吸することが多いため、回復する可能性がある。しかし、脳死は違う。もう智子は回復する可能性もなくなったが、薬剤や人工呼吸器により数日生きられることがある。そんな悲劇的に智子の命が尽きようとしている時に、へべれけの状態の祐一が病院に着いた。

昨日、泥酔状態の祐一に説明した担当医はすっかり呆れてしまった。「今日もか」そう思ったが職務上、伝えることは伝えねばと、気持ちは抑えて言った。

「智子様は、脳死状態となり、回復する可能性がなくなりました。ご主人、酔われているようですが、命に関わる非常に大事なことです。よく考えて明日までにご判断ください。脳死は回復の可能性がないのです。しかし、数日間は、人工呼吸器などで生きていられます。ご主人、決断してください。人工呼吸器を外すと、即、心停止して死亡します。すぐに人工呼吸器を外すかどうか決断してください。ご主人の指示通りにいたします」

これを聞いた祐一は、もう助からないというあまりにもショッキングな言葉のため、酔いが多少醒めたのでしっかり聞くことができた。

「わかりました。今日いっぱい考えて明日、話します」

祐一は、意気消沈した。病院前に停まっていたタクシーに乗って動き出した時だった。

祐一は突然の吐き気に襲われるや否や、タクシーの中で吐血した。真っ赤に血塗られたタクシーの中。このタクシーの運転手にすればたまったもんじゃない。タクシーの中が激しく汚れてしまった。それでもこの運転手は、

「大丈夫ですか?」と気遣った。

「気持ち悪い」祐一は極端な吐き気で気が遠くなった。

タクシーは、すぐに先程の東京都立山手南病院にUターンした。祐一は黄疸で皮膚が黄色く変色した。意識はあるが吐き気が止まらない。病院のストレッチャーは血塗られた。腹部が膨張した。腹水だ。腹部に体液が貯留した。頻繁に吐血するので輸血を急がなければならない。ICUに運ばれた。ICUが空いていて、医療スタッフが確保できたことには救われた。2日前まで智子がいたICUに夫の祐一が運ばれた。ここでも医療スタッフは力を尽くした。祐一は命の灯が消える寸前、

「俺は最後まで自分のパニック症状のことは誰にも言わなかったよ。智子、俺を褒

めてくれ。見事人類滅亡から守ったよ」と、うわ言を言った。医療スタッフは聞き取れないような力のない声だった。そのあと「それから恵理……」と言ったところで息絶えた。祐一が恵理にしてきた悪行についてどのように考えていたのか最後までわからなかった。あえなく祐一はその日、臨終となった。

病院は驚いた。智子に手を尽くしていたが、なんと旦那の方が先に急死してしまった。病院は調べた。そして、智子の父親、正司を突き止めた。正司に連絡すると、正司はひどく驚いて、

「そちらの病院に着けるのは、どんなに急いでも2日後になります。それまで人工呼吸器を外さないでください」助かる可能性はゼロなのに、最期ぐらいは父と娘だ。顔を見て見送りたかった。病院は正司の意志を尊重し、人工呼吸器は外さないことにした。

父の祐一は亡くなり、母の智子も命は風前のともしび。そんな中、恵理は、覚せい剤所持及び使用容疑で逮捕されていた。この国では、覚せい剤を使用すれば死罪と決まっている。そして判決が下された。結局、ワルキア共和国は手を汚さず、日本からさらった恵理を合法的に殺すことになった。

そして、恵理の死刑執行前夜の出来事である。恵理は覚せい剤の幻覚で家族との和解シーンを夢の中のような現実のようなよくわからない形だが確かに見た。いつも苦しめられた覚せい剤中毒の幻覚・幻聴だが、この日に限って何故か良い幻覚症状が現れたのだ。

恵理は家族が仲良く暮らしていた頃の夢を見た。そこに父祐一が現れて、これまで恵理や智子を傷付け苦しめていたことを涙ながらに謝った。恵理は父の謝罪を受け入れ二人で手を繋いで天国に昇っていこうとする。すると母の智子も現れ、「私も一緒に連れていって」と言った。しかし恵理は母に「私はもう一度島に帰ってあの海や空を見たい。でも私は明日処刑される。お母さん、私の代わりに島に戻って」と告げた。幻覚でしかなかったが恵理にとって最期の救いのような出来事だった。

翌日の死刑執行日、恵理は死刑台に上り、電気椅子に座った。

その時の恵理の服装は、母に買ってもらった濃紺のスーツ。そしてこんな絶望の空気の中でも真っ赤に光っている赤い靴を履いていた。

悪で塗られたワルキア共和国が、最後に一つだけ恵理の望みを叶えたからだ。

恵理は、「この服装で死にたい」と申し出て国が許した。恩返しできなかった母への思いからだ。恩返しできなかった母へ、最期に、就職祝いで母に買ってもらった服装でお詫びしたい、そう思ったからだ。この時、恵理はわずか17歳だった。普通なら輝く青春の頃。なのに、哀れ恵理は死刑台の電気椅子で致死量の高圧の電気を流された。恵理は死の直前、「お母さんごめんなさい」と口にした。そして絶命した。

これで物語は終わりと思われた。しかし、恵理のワルキア共和国への怨念は生きていた。

恵理の履いていた赤い靴が死亡してぐったりした足からスルッと脱げた。赤い靴は浮き上がった。

死刑台の職員たちはそれを見て驚いた。これは怪奇現象そのものである。怨念が赤い靴に乗り移った。赤い靴は生きている。そのまま天を目指していき、天井を突き破ってずっとずっとずっとずっとずっとずうーっと上昇していった。

そして更に上昇するとそこは天だった。

天には神様がいらっしゃる。そこへ赤い靴が長旅の疲れでボロボロになって到着した。赤い靴はしゃべれるはずはないが、神様は、赤い靴から恵理の無念を知った。

実は、神様っていらっしゃるのだ。恵理を哀れだと思った神様は、恵理の生前最期の言葉を汲み取った。

天地が動いた。そして、脳死して絶命寸前。助かるはずのない恵理の母智子が生き返った。目を開け、人工呼吸器を自ら外した。

長い間、寝ていたような気がした智子は大きく背伸びをした。そして一言、

「あー、よく寝た」

終わり

参考文献

①ニュースサービス日経麻布十番
②昭和48年11月北海道新聞夕刊
③北海道テレビ放送
④『赤い靴はいてた女の子』菊池寛著、現代評論社

〈著者紹介〉

高津典昭（たかつ のりあき）

昭和32年1月7日、広島県三原市生まれ。

昭和54年陸上自衛隊入隊。その後、職を転々として現在故郷の三原に帰り産業廃棄物の分別の仕事に従事。

平成13年2級土木施工管理技士取得。

平成15年2級舗装施工管理技術者取得。

執筆活動は土木作業員のころから。

赤《あか》い靴《くつ》　～海《うみ》を渡《わた》るメロディー～

2023年3月17日　第1刷発行

著　者　　高津典昭
発行人　　久保田貴幸

発行元　　株式会社 幻冬舎メディアコンサルティング
〒151-0051　東京都渋谷区千駄ヶ谷4-9-7
電話　03-5411-6440（編集）

発売元　　株式会社 幻冬舎
〒151-0051　東京都渋谷区千駄ヶ谷4-9-7
電話　03-5411-6222（営業）

印刷・製本　中央精版印刷株式会社
装　丁　　加藤綾羽

検印廃止

Printed in Japan
ISBN 978-4-344-94390-2 C0093
幻冬舎メディアコンサルティングＨＰ
https://www.gentosha-mc.com/